思い出が消えないうちに

川口俊和

サンマーク出版

プロローグ

とある街の、とある喫茶店の
とある座席には不思議な都市伝説があった
その席に座ると、望んだとおりの時間に戻れるという

ただし、そこにはめんどくさい……
非常にめんどくさいルールがあった

一、過去に戻っても、この喫茶店を訪れた事のない者には会う事はできない
二、過去に戻って、どんな努力をしても、現実は変わらない
三、過去に戻れる席には先客がいる
その席に座れるのは、その先客が席を立った時だけ
四、過去に戻っても、席を立って移動する事はできない
五、過去に戻れるのは、コーヒーをカップに注いでから、
そのコーヒーが冷めてしまうまでの間だけ

めんどくさいルールはこれだけではない
それにもかかわらず、今日も都市伝説の噂《うわさ》を聞いた客がこの喫茶店を訪れる

あなたなら、これだけのルールを聞かされて
それでも過去に戻りたいと思いますか？

この物語は、そんな不思議な喫茶店で起こった心温まる四つの奇跡

第一話「ばかやろう」が言えなかった娘の話
第二話「幸せか？」と聞けなかった芸人の話
第三話「ごめん」が言えなかった妹の話
第四話「好きだ」と言えなかった青年の話

あの日に戻れたら、あなたは誰に会いに行きますか？

思い出が消えないうちに　もくじ

ブックデザイン　轡田昭彦＋坪井朋子
カバーイラスト　マツモトヨーコ
校閲　鷗来堂
協力　皆藤考史
キックオフチーム　黒川精一／新井俊晴／清水未歩
編集　池田るり子（サンマーク出版）

第一話

「ばかやろう」が言えなかった娘の話

「なんで北海道にいるの⁉」

受話器ごしに、時田計《ときたけい》の金切り声がひびく。

「まぁ、落ち着けって」

時田流《ときたながれ》には、十四年ぶりに聞く妻の声を懐かしんでいる時間はなかった。

流は今、北海道にいる。北海道は函館《はこだて》市。

函館は二十世紀初期に造られた洋風の建物が多く、一階が和風、二階が洋風という特殊な造りの家が点在する。函館山の麓《ふもと》の元町は、旧函館区公会堂や、日本最古の四角い電信柱、ベイエリアの赤レンガ倉庫など、情緒あふれる観光名所としても有名である。

流の電話の相手、計は今、東京の時間を移動できる喫茶店「フニクリフニクラ」にいた。

計は、自分の娘に会うために十五年という時を飛び越えて、過去から未来にやってきたのだ。

だが、計が未来の喫茶店に滞在できるのは、コーヒーが冷めきるまでのわずかな時間しかない。

しかも、北海道にいる流にはコーヒーがどの程度冷めているのかなんてわからない。

だから、流は用件だけを簡潔に説明する必要があった。

「俺がなぜ北海道にいるかを説明している時間はない。よーく聞いてくれ」

「え？　時間がない？」

もちろん計だって、時間がないことは重々理解している。

「時間がないのはこっちだっつーの！」

計の言葉使いが荒れる。

だが、流はとりあわない。

「中学生くらいの女の子がいるだろ？」

「え？　中学生くらいの女の子？　いるわよ、ほら、二週間くらい前だったかな？　写メ撮りに未来から来てたでしょ？」

計にとっては二週間前の記憶かもしれないが、流にとっては十五年も前の出来事である。だが、間違いがあってはいけない。偶然その場に居合わせた、別の女の子という可能性もある。

「目のキョロッとした子で、タートルネックを着ているか？」

「そうそう、その子がなに？」

「落ち着いて聞くんだ。お前は今、間違って十五年後にいるんだ」

「……？　だから、よく聞こえないんだってば！」

重要なことを伝えようとしているのに、その時に限って強い風が吹く。ブォーブォーと流の携帯電話の通話口に当たる風の影響で、計にはその内容がほとんど伝わらなかった。しかし、時間はない。流もあせる。

「とにかく、その目の前にいる女の子が！」

自然、流の声は大きくなる。

「え？　なに？　その子が……」

「俺たちの娘だ！」

「……え？」

流の持つ携帯電話が静まり返る。代わりに、計がいるフニクリフニクラの柱時計のボーン、ボーンという音が聞こえてきた。

流は小さく息をつくと、計が置かれている状況を静かに説明しはじめた。

「お前は十年後に行くと約束して未来に向かったから、十歳くらいの子が自分の子だと思っているんだろうが、おそらくは十年後の十五時ではなく、間違えて十五年後の十時に行ってしまったんだ。よく見ろ、真ん中の柱時計は十時を指しているだろ？」

「……あ、うん」

「俺たちは、戻って来たお前からそのことを聞いてはいたが、止《や》むに止《や》まれぬ理由で北海道にいる。わかっているとは思うが、時間もないから説明もしない。とにかく……」

流はここまで口早に説明したが、一呼吸置いて、

「とにかく、短時間になるとは思うが、元気に育った俺たちの娘の姿をしっかり見て帰れ」

と、優しく告げて一方的に電話を切った。

今、流が立つ場所からはまっすぐにのびる坂道と、その先に青く広がる函館港が見える。

流はくるりと踵《きびす》をかえすと、店内へと姿を消した。

カランコロロン

函館は坂の町である。

日本最古のコンクリート電柱から伸びる二十間坂《にじっけんざか》や、観光地として有名な函館ベイエリアの赤レンガ倉庫近くの八幡坂《はちまんざか》など、その数、十九本。函館どっく前から魚見坂《うおみざか》、船見坂《ふなみざか》、そして谷地頭《やちがしら》へ向かってあさり坂、青柳坂《あおやぎざか》と続く。

その数ある坂に紛れて、観光客には知られていない坂が存在する。

公には名前がつけられていないので、地元の人間からは「名無し坂」と呼ばれていた。

流の働く喫茶店は、その名無し坂の中腹にあった。

店の名は「喫茶ドナドナ」。

この喫茶店のある座席には、不思議な都市伝説がある。

その席に座ると、その席に座っている間だけ、望んだ通りの時間に移動ができるという。

ただし、そこにはめんどくさい……

非常にめんどくさいルールがあった。

一、過去に戻っても、この喫茶店を訪れた事のない者には会う事はできない
二、過去に戻って、どんな努力をしても、現実は変わらない
三、過去に戻れる席には先客がいる
その席に座れるのは、その先客が席を立った時だけ
四、過去に戻っても、席を立って移動する事はできない
五、過去に戻れるのは、コーヒーをカップに注いでから、
そのコーヒーが冷めてしまうまでの間だけ

めんどくさいルールはこれだけではない。

それにもかかわらず、今日も都市伝説の噂《うわさ》を聞いた客がこの喫茶店を訪れる。

流が電話から戻ると、カウンター席に座る松原《まつばら》菜々子《ななこ》が真っ先に声をかけてきた。

「流さんは東京に残らなくてよかったんですか？」

菜々子は函館大学に通う学生で、淡いベージュのトップスをルーズな幅のボトムスにインしている、いまどきのおしゃれ女子である。化粧は薄めで、ゆるいパーマのかかった髪をラフにうしろで束ねている。

菜々子は、今日、流の亡くなった奥さんが娘に会うために、過去から東京の喫茶店に来ることは聞いていた。だが、奥さんと十四年ぶりに会えるチャンスだというのに、その場に居合わせることなく電話だけですませてしまうことを不思議に思っていたのだ。

「うん、まぁ」

流はあいまいに答えて、菜々子たちの背後を通ってカウンターの中へと入った。

菜々子の隣には、村岡沙紀《むらおかさき》が眠そうな表情で、一冊の本を手にして座っている。沙紀は函館のとある総合病院の精神科に勤務する医師で、菜々子とともにこの喫茶店の常連客である。

「奥さんに会いたくないいんですか？」

菜々子の好奇の眼差《まなざ》しが二メートル近い大男の流に注がれる。

「あいつは、ほら、あれだから……」

「なんですか？」

「俺じゃなくて、娘に会いに来てるわけだし」

「でも」

「いいんです。俺には出会ってからの思い出がちゃんとあるんで……」

だから少しでも母と娘の二人きりの時間を大切にしてやりたい、そう言っている。

「流さん、優しい～」

語尾がのびる。

「そんなんじゃないです」

流の耳が赤くなる。

「照れなくていいんですよ」

「照れてませんよ」

流はそう言うと、逃げるように厨房《ちゅうぼう》に姿を消してしまった。

入れ替わりに厨房から現れたのは時田数《ときたかず》である。数はこの喫茶店のウエイトレスで、白シャツにベージュのフリルスカート、水色のエプロンをつけている。今年三十七歳になる数だが、開放感のある爽やかな格好の印象から、実年齢よりずいぶんと若く見える。

「何問目までいきました？」

数はカウンターの中に戻ってくるなり、ひょいと話題を変えた。

「ん？　あ、二十四問目」

答えたのは、流の話にはまったく興味を示さず、菜々子の隣で食い入るように一冊の本を読み進めていた沙紀である。

「あ、そういえば……」

思い出したようにつぶやいて、菜々子は沙紀が持っている本を覗《のぞ》き込んだ。

沙紀は数枚ペラペラとページを戻して、本に書かれている内容を声に出して読んだ。


もし、明日、世界が終わるとしたら？　一〇〇の質問。

第二十四問。

あなたには今、最愛の男性、または女性がいます。

もし、明日世界が終わるとしたら、あなたはどちらの行動をとりますか？
①とりあえずプロポーズする
②意味がないのでプロポーズしない

「さ、どっち？」

沙紀はスッと視線を本から外《はず》し、隣にいる菜々子の顔を見た。

「あー、どっちだろう」

「どっち？」

「先生はどっちですか？」

「私？　私はしちゃうかも」

「なんでですか？」

「後悔して死ぬのは嫌だもん」

「なるほど」

「え？　菜々子ちゃんはしないの？」

聞かれて菜々子は大きく首をひねると「うーん」と低い声で唸《うな》って答えた。

「相手が自分のことを好きか嫌いかハッキリしてるならプロポーズしてもいいんだけど、どちらともいえないのだとしたらプロポーズしないかも……」

「どういうこと？」

沙紀は菜々子の言っていることが飲み込めなかったようだ。

「えっと、プロポーズする相手が私のことを好きか嫌いかハッキリしてるなら、相手を悩ませることないじゃないですか？」

「うん」

「でも、私のこと何とも思ってなかったのに、プロポーズしたことで相手があらためて私のことを意識して、悩んじゃったら嫌だなって」

「あー、あるね。確かにそういうことある。特に男子にある。全然、好きでもなんでもなかったのにバレンタインデーでチョコとかもらったりすると急に意識するようになっちゃうやつ？」

「明日、世界が終わるっていう時に、相手の悩み事を一つ増やすのは、後味が悪いというかなんというか。もし、それで答えが出なかったらこっちも後味悪いですよね？　だから、たぶん、私は意味がないとは思わないけどプロポーズはしないと思います」

「菜々子ちゃん、まじめに考えすぎでしょ？」

「え？　そうですか？」

「そうだよ。世界が明日終わるなんてことないんだから」

「……ま、確かに」

流が電話で席をはずす前からこんなやりとりが繰り広げられていた。

「ちなみに数さんはどっちですか？」

菜々子がカウンターに身を乗り出す。

沙紀の視線も興味津々、数に向けられている。

「私は……」

カランコロロン

「いらっしゃいませ」

カウベルの音に、数が反射的に喫茶店の入口に声をかけた。一瞬で従業員の顔になっている。菜々子たちも心得ていて、質問の答えをねだるようなことはない。

しかし、入って来たのは客ではなかった。薄ピンクのワンピース姿の女の子で、

「ただいま」

と、元気な声をひびかせた。

その子は重そうなトートバッグを抱え、手には絵ハガキを握りしめている。

女の子の名は時田幸《ときたさち》。数の娘で、今年七歳になったばかり。父親、つまり数の夫は世界的に有名な写真家で、名は新谷刻《しんたにこく》。戸籍上、新谷は時田家に婿入《むこい》りしているのだが、写真家としては旧姓を名乗っている。世界各地を飛び回り、風景写真を撮るのが仕事で、日本に戻って来ることは年に数日しかない。そのため新谷は、旅先で撮った写真を絵ハガキにして、よく幸に送っていた。

「おかえり」

応えたのは菜々子で、数は幸の後ろに控える青年に目配せした。

「おはようございます」

青年は小野玲司《おのれいじ》。この喫茶店のアルバイト従業員である。ジーパンに白Tシャツというラフな格好で、坂道を急いで登ってきたのだろう、ほんの少し息を切らして、額に汗をにじませている。

「ちょうど、そこでバッタリ会って……」

幸と一緒に入って来た理由を、誰から聞かれたわけでもないのに説明して厨房に消えた。二時間後に始まるランチの仕込みがある。中で流に挨拶している声が聞こえた。

幸は函館港を見渡せる大きな窓際のテーブル席に腰を下ろした。まるで自分の部屋の勉強机に向かっているかのように見える。

店内にいる菜々子たち以外の客は、入口近くのテーブル席に座る黒服の老紳士と、四人がけのテーブル席に座る菜々子と同じ年代ぐらいの女性のみである。その女性客は開店からずっといるのだが、何をするわけでもなく、ただ、ぼんやりと窓の外を眺めているだけだった。

この喫茶店の開店は、朝七時とずいぶん早い。朝市などを訪れる観光客に合わせて開店時間を早く設定しているのだ。

幸が抱えていたトートバッグをテーブルの上に置く。

思いのほか、ゴツンと重そうな音がした。

「え？　何？　また、図書館で借りてきたの？」

「うん」

菜々子は幸に話しかけながら、向かいの席に腰を下ろした。

「さっちゃんは本当に本が好きなんだね？」

「うん」

朝一番に図書館で本を借りてくるのが幸の休日の習慣になっていることを、菜々子は知っている。この日、幸の通う小学校は創立記念日で休みであった。

幸は借りて来た本を嬉《うれ》しそうにテーブルの上に並べはじめた。

「いつもどんなの読んでるの？」

「あ、興味ある。さっちゃんはどんな本が好きなのかな？」

カウンター席から沙紀も身を乗り出してきた。

「どれどれ？」

菜々子が並べられた本に手をのばす。

「虚数《きょすう》と整数《せいすう》の挑戦状」

同じく沙紀も。

「宇宙が有限である場合の黙示録《もくしろく》」

「現代量子力学とノンミスダイエット」

菜々子と沙紀が交互にタイトルを読み上げる。

「ピカソに学ぶ古典美術の争点」

「コンコリカンコン精神世界」

本を手に取るたびに、二人の顔から表情が消えていく。本のタイトルに少なからず衝撃を受けているのだ。

テーブルの上にはまだタイトルを読み上げていない本もあったが、すでに二人は手をのばすのをやめてしまっていた。

「む、難しそうな本ばっかりだね？」

菜々子が顔を引きつらせながら言うと、

「難しいかな？」

と、幸は首をかしげた。

「これ理解できたら私、さっちゃんのこと『先生』って呼ばなきゃいけなくなるかも……」

沙紀は『コンコリカンコン精神世界』を見つめて、ため息まじりにつぶやいた。どうやら、この本は精神科で働いている沙紀などが読む医学書のようなものらしい。

「意味はわかってないんですよ。ただ、本当に文字を見てるのが好きなだけなんです」

数が二人を慰めるようにカウンターの中から声をかけた。

「それにしたって、ねぇ？」

「ですよね？」

七歳の女の子が選んでくる本ではないと言いたいらしい。

菜々子はカウンター席に戻って、さっきまで沙紀が読んでいた本を手に取ってペラペラとページをめくってみせた。

「私にはこれくらいの本がちょうどいいのかも……」

小さな文字がびっしり詰まっている本ではなくて、一ページに数行しか文字が書かれていない本という意味である。

「なにそれ？」

しかし、その本にも幸は興味を示した。

「読んでみる？」

菜々子が幸に本を手渡す。

「もし、明日、世界が終わるとしたら？　一〇〇の質問」

幸が本のタイトルをキラキラした目で読み上げる。

「おもしろそう！」

「やってみる？」

この本を持ってきたのは菜々子だった。幸が自分の持ってきた本に興味を示してくれたのが嬉しい。

「うん！」

笑顔で答える幸。

「じゃ、せっかくだから一問目からやれば？」

「そうですね」

沙紀の提案に、同意する菜々子。開いていたページを最初に戻して読み上げた。


もし、明日、世界が終わるとしたら？　一〇〇の質問。

第一問。

あなたの目の前には、今、世界の終わりが来ても一人だけ助かる部屋があります。

もし、明日世界が終わるとしたら、あなたはどちらの行動をとりますか？
①入る
②入らない

「さ、どっち？」

菜々子の透き通ったいい声が響いた。

「……うーん」

幸が眉間にしわを寄せる。

菜々子も沙紀も、真剣に悩んでいる幸の横顔をほほえましく眺めた。なんだかんだ言って、やっぱり七歳なのだと安心したのだろう。

「さっちゃんには質問が難しかったかな？」

菜々子が幸の顔を覗き込んだ。

すると幸は、

「私は入らない」

と、きっぱりと言い切った。

「え？」

その迷いのなさに、菜々子は困惑の声をあげる。

自分は「入る」と答えていたからだ。隣にいる沙紀も同じだった。

カウンターの中では、数が涼しい表情で三人のやりとりに耳を傾けている。

「な、なんで？」

聞いたのは菜々子である。ほんの少し声が上ずっている。七歳の少女が「入らない」と答えたことに少なからず動揺しているのがうかがえる。

そんな菜々子たちの戸惑いに関係なく、幸は背筋をピンと伸ばして菜々子たちが想像もしないような理由を述べた。

「だって、一人で生きていくっていうことは、一人で死ぬことと同じでしょ？」

「……」

言葉を失うとはこのことである。菜々子はあんぐりと口を開けたまま呆然《ぼうぜん》としている。

そして、沙紀は、

「参りました」

と、頭を下げた。思いもよらない答えに降参するほかない。

菜々子と沙紀は顔を見合わせて（もしかして、この子はあの難しい本たちを、ちゃんと理解して読んでいるのかもしれない）と同じことを考えていた。

「お、やってるね？」

言ったのはエプロンをつけて厨房から戻ってきた玲司である。

「めちゃくちゃ、はやってるもんなぁ」

「玲司くんでも知ってる本なの？」

ちょっと驚いてみせる沙紀。

「『でも』ってどういう意味ですか？」

「いや、君、あんまり本読まなそうだから……」

「だって、これ、こいつに貸してやったの俺ですよ？」

こいつとは菜々子のことを指している。菜々子と玲司は同じ大学に通う幼馴染《おさななじみ》なのだ。言葉使いもなれなれしい。

「そうなの？」

「はい。うちの大学でもめちゃくちゃはやってて、おもしろいから貸してやるって……」

「はやってるんだ？」

沙紀が（貸して）と差し出す手に菜々子は本を預ける。

「もう、みんな、そこら中でやってますよ」

「あー、でも、わかる気がする」

確かに沙紀自身も、さっき、流が電話で中座するまで夢中になっていた。今は七歳の幸をも巻き込んでいる。はやっていると聞かされて納得できた。もしかしたら日本中ではやるのではないかという気にさえなる。

沙紀はあらためてページをめくりながら、

「なるほどね」

と、感心してみせた。


「ごちそうさま」

そう言って席を立ったのは、開店からいた女性客である。

玲司が小走りでレジに向かう。

伝票を受け取って、

「アイスティーのケーキセットですね？　七八〇円です」

と、告げた。女は返事もせずにショルダーバッグから財布を取り出した。

その時、一枚の写真が床に落ちた。だが、女は気づいていない。

「じゃ、これで……」

と、千円札を差し出した。

「千円お預かりします」

ピッピッと電子音を鳴らしながら玲司がレジを打つ。カチャンと静かに開いたレジのドロアから手慣れた手つきでおつりを取りあげた。

「二二〇円のお返しです」

玲司の差し出すおつりを無言で受け取ると、女は、

「その子の言うとおりだわ。一人で生きなきゃいけないなら、死んだ方がましだった」

と、独り言のようにつぶやいて店を出た。

カランコロロン

「ありがとう……、ございました……」

いつもは元気な玲司の挨拶が冴《さ》えない。

「どうしたの？」

首を傾げながら戻ってくる玲司に、沙紀がたずねた。

「いや、なんか、死んだ方がましだった……って」

「え？」

菜々子がびっくりして素っ頓狂な声をあげる。

「あ、違う！　さっきの人が、一人で生きなきゃいけないなら死んだ方がましだったたって……」

あわてて言葉を補う玲司。

「驚かせないでよ！」

菜々子がそばを通る玲司の背をバシッと打った。

「でも……」

怪訝《けげん》な顔で沙紀は数に訴える。

聞き捨てならない言葉であることには変わりない、と。

「そうですね」

数はそう答えて、じっと店の入口を見つめていた。

一瞬、時間が止まったような雰囲気になったが、幸の、

「続きは？」

という言葉で皆、我に返った。

幸の目は、『一〇〇の質問』の続きをやろうと訴えている。

だが、柱時計を見た沙紀が、

「おっと、もうこんな時間か……」

と、言って立ち上がった。

見ると時計は午前十時半を指している。

この喫茶店には床から天井までのびる大きな柱時計が三つある。一つは入口近く、一つは店の中央、そしてもう一つは函館港が見渡せる大きな窓側。沙紀が見て時間を確認したのは、店の中央にある柱時計である。なぜなら、入口近くの時計は数時間進んでいて、窓側の時計は遅れていることを知っていたからだ。

「仕事っすか?」

「そう」

沙紀はそう答えて、あわてる様子も見せずに財布から小銭を取り出した。自宅がこの喫茶店の目と鼻の先なので、出勤前はここでコーヒーを飲むのが日課になっている。

「続きは?」

「また、今度ね」

沙紀は幸にニッコリと笑顔を見せて、コーヒー代の三八〇円をカウンターの上に置いた。

少し残念そうにうつむく幸に、数が、

「先に、借りてきた本読んじゃったら?」

と、声をかけた。

「うん」

幸の顔がパッと明るくなる。幸は本を何冊も同時に並行読みする。残念そうにうつむいたのは、みんなで一冊の本を共有するという体験が初めてだったからだろう。つまりは楽しかったのだ。とはいえ、数に新しい本を読むように言われて気持ちを切り替えた。結局、好きな本を読むことには変わりない。

幸はテーブル席に広げてあった本の中から一冊を取り上げて、ちょこんと椅子に腰をかけるとすぐに黙々と読みはじめた。

「本当に本が好きなんだね」

菜々子が感心しながら、羨望の眼差しになっている。難解な本を読むのは苦手なのだ。

「じゃ、ね」

沙紀が皆に手を振る。

「ありがとうございました！」

不穏な言葉を言い残して去った女の時とは違って、いつもの元気な玲司の声が響いた。

「あ……」

突然、沙紀が出入口前で踵を返し、数に向かってこう告げた。

「麗子《れいこ》さん来たら、様子見ててもらえる？」

「わかりました」

数はそう言ってうなずくと、沙紀のカップを片付けはじめた。

「麗子さん、どうかしたんですか？」

理由を聞いたのは菜々子である。

「ちょっとね」

沙紀はそれだけ言うとさっさと喫茶店を後にした。

カランコロロン

「あ、沙紀さん！」

菜々子が、入口に落ちている写真に気づき、沙紀に声をかけた。しかし、沙紀は菜々子の呼びかけには気づかずに、小走りで出て行ってしまった。

追いかけて届けようとした菜々子は、レジ前に駆けより、床の写真を拾いあげると、

「あれ？」

と、首をひねりながら声をもらした。

「数さん、これ……」

菜々子は沙紀を追うことなく、拾いあげた写真を数に差しだした。

「沙紀さんが落としたのかと思ったんですけど、違うみたいです……」

写っているのは、沙紀ではない若い女性と、同じ年頃の男性、そして新生児らしき赤ん坊だった。赤ん坊は若い女性に抱かれている。

それと、もう一人。

時田《とき た》ユカリ。

ユカリはこの喫茶店の店長で、今現在、ここで働いている流の母である。そして、数の母、時田要《とき たかなめ》の実の姉でもあった。

ユカリは自由奔放、やりたいことがあれば即行動の自由人で、まじめで責任感が強く人の都合を第一に考える流とは、正反対の性格であった。ユカリはふた月ほど前、この喫茶店を訪れたアメリカ人の少年と一緒に渡米してしまった。行方不明になった少年のお父さんを探すためである。

突然店主を失ったこの喫茶店には、アルバイトの玲司しか残っておらず、ユカリが戻って来るまでは長期休業をする予定だった。ユカリとしては、休業中も玲司にはアルバイト代を出すつもりでいたので、誰にも迷惑をかけないと思い込んでいたに違いない。だが、さすがの玲司もそこまで図々《ずうずう》しくなることはできなかった。

そのころ、ちょうど東京に行く予定があった玲司は、流の働く喫茶店「フニクリフニクラ」

に寄って「なんとか店を続けられないか？」と相談した。事情を知った流は、そんな勝手気ままな母の行動に責任を感じ、店長代理として函館にやって来た。流が娘を一人東京の喫茶店に残してまで来函《らいかん》したのにはそんな事情があった。

しかし、まだ問題がある。

実はこの函館の喫茶店にも「フニクリフニクラ」と同様に、過去に戻れるという席が存在する。喫茶店入口近くで黒服の老紳士が座っている席がそうである。

ただし、流の淹《い》れるコーヒーでは過去に戻ることはできない。時間を移動するためのコーヒーを淹れることができるのは、時田家の血を引く、七歳以上の女子のみと決まっているからだ。

現在、時田家の血を引き継いでいる女性は、ユカリ、数、流の娘であるミキ、数の娘である幸の四人。ただし、女の子を妊娠すると、その能力はその女の子に引き継がれ、消えてしまう。

ユカリはアメリカに行ってしまい不在、数の能力は幸に引き継がれていて使えず、流の娘ミキは過去からやってくる母と会うために東京に残る。すると、函館の店でコーヒーを淹れることができるのは幸だけとなる。

最悪、流だけが函館に移り住んで、過去に戻るコーヒーは淹れずにお店だけ営業するという案もあったが、今年七歳になって、コーヒーを淹れられるようになった幸が、自分から行きたいと言い出した。

しかし、幸はまだ七歳。母親の数と離れて暮らすわけにはいかない。数は流に、自分と幸の二人だけで函館に行ってもいいと提案したが、流は自分の母親の身勝手さに責任を感じており、素直に「うん」とは言わなかった。

そんな流の背中を押したのはミキである。

「こっちは二美子《ふみこ》さんも五郎《ごろう》さんも手伝ってくれるって言ってるから大丈夫だよ。ユカリおばあちゃんが戻ってくるまでの間だけでしょ？　ひとりで大丈夫だよ」

この一言で話は決まった。幸も自分から行くと言っていることだし、長期的な滞在になる可能性も考えて、学校も転校することにした。

かくして、東京の店は十数年来の常連客である二美子と五郎に任せ、流、数、そして幸の三人は来函《らいかん》した。

残った心配事といえば、ユカリがいつになったら戻ってくるのか？　ということだった。

写真には、そのユカリの姿が写っていた。

「このユカリさん、若い。え？　めちゃくちゃきれいなんだけど？　何十年前の写真？」

常連客である菜々子は、ユカリが渡米してしまう直前まで顔を見ていたのだから、言っていることに間違いはない。若すぎるユカリの姿に菜々子は驚きを隠せないでいる。

「これ、朝からずっといた女の人のものじゃないですか？」

数も同じ意見なのだろう、小さくうなずいて見せた。

「数さん、後ろになんか書いてある」

菜々子が気づいたのは写真の裏側に書かれた文字だった。

「2030、827、20：31……？　これ、今日の日付ですよ？」

若いユカリの容姿から写真がかなり古いものであるのは間違いない。しかし、その裏に書かれている数字はどう見ても今日の日付である。

しかも、その数字の後には、こう書いてあった。

あなたに会えてよかった

意味がわからないと首をかしげる菜々子の隣で、数は、

（今夜、来る……）

と、思った。

その日の夜。

閉店間際で、喫茶ドナドナに客は誰もいなかった。いるといえば、入口近くのテーブル席に座る黒服の老紳士とカウンター席で本を読んでいる幸だけである。

「もう、表の看板下げちゃっていいですよね？」

テーブル席の拭き掃除を終えた玲司が数に声をかける。

「……そうね」

午後七時三十分。

外は真っ暗である。玲司は看板を下げるために外に出た。

ドアを開けるカウベルの音がカランと小さく鳴る。

この店の通常の閉店時間は午後六時。店が坂の上にあるため、暗くなるとほとんど客は来なくなる。だが、夏休みの間だけは暗くなっても時々若い観光客が入って来ることもあるため、閉店時間は午後八時となっていた。

閉店時間まで三十分。ラストオーダーの時間は終わっているので、数も閉店の準備を始めることにした。

「幸……」

数がカウンター席で本を読む幸に声をかけたがなんの反応もない。いつものことだ。わかっていても、一度は声をかけるようにしている。

数は幸の目の前においてある栞《しおり》をつまみあげると、そのまま、幸が読んでいるページに静かに挟み込んだ。

「あ……」

とたんに、幸は我に返ったように文字から目を離した。

「お母さん」

幸は初めて数が隣にいることに気づいたようだ。やはり、さっきの数の声は聞こえていなかったのだ。

「もうお店終わりだから、下に降りてお風呂にお湯張って来てくれる?」

「はい」

幸は返事をしながらひょいと椅子から降りると、読んでいた本を持ってトテトテと入口脇の階段を降りていった。幸や数たちの居住空間はこの喫茶店の地下にある。

地下といっても山の斜面に作られた建物なので、地下にも函館港が見下ろせる窓がある。正確には居住空間は一階で、喫茶店のフロアが二階ということになるのかもしれない。

数が一日の売り上げを確認するためにレジ前に立った時だった。

カランコロロン

見るとカウベルを鳴らして入って来た客がいる。昼間の女性客である。

（やはり来た）

ラストオーダーは終わっているので、他の客なら入店を断っていたかもしれない。だが、あの写真のこともある。

数は静かに、

「いらっしゃいませ」

と、その女性客から目を逸《そ》らすことなく告げた。

女の名は瀬戸弥生《せとやよい》。

昼間の印象だと、菜々子と同じ二十歳ぐらいに思われたが、実際のところはわからない。翳《かげ》のある表情を見て、もしかしたら、本当はもっと若いのに老けて見えるのかもしれないと数は思った。

弥生は数をじっと見つめて黙ったままである。

「過去に戻りたいんだそうです」

言ったのは、看板を下げて戻って来た玲司である。

弥生は無言のまま、代弁者となった玲司に視線を走らせて、再び数をにらむように見た。

その目が、

（本当なのか？）

と訴えている。

「ルールはご存じですか？」

数は答えた。それは（本当です）という返事も含む。

「ルール？」

弥生の反応を見て玲司は、

（ルールも知らずに過去に戻れると思って来たパターンですね？）

と、数に目配せした。

「説明しちゃっていいですか？」

「もちろん」

玲司は数に確認すると、ぐるりと回り込んで弥生の前に立った。

おそらくはユカリがいた時も、過去に戻るためのルールの説明は玲司の役目だったに違いない。玲司の対応に、緊張や気負いのようなものがない。

「戻れます、過去には戻れるんですけど、めんどくさいルールがあるんですよ」

「ルール？」

「大事なルールは四つ。どんな理由で過去に戻りたいのかはわかりませんが、たいがいの人はこの四つのルールを聞くと過去に戻るのをあきらめて帰っちゃうんです」

予想外のことを聞かされて、弥生の目に戸惑いの色が宿る。

「どうして？」

すでに数は、そう答える弥生の言葉のかすかなイントネーションから、関西方面から来たのではないかと感じ取っている。

（もし過去に戻れなかったら、何のために函館まで来たのかわからない）

そんな動揺を感じとったのか、玲司は、

「まず、一つ目のルール」

と、手慣れた感じで人差し指をたてて説明をはじめた。

「過去に戻ってどんな努力をしても現実を変えることはできません」

「え？」

一つ目のルールですでに目を丸くする弥生。

玲司はかまわず説明を続ける。

「もし、あなたが過去に戻って人生をやり直したいと考えているのであれば、それは無駄な努力になります」

「どういうことですか？」

「よーく聞いてくださいね」

弥生は眉をひそめながらも小さくうなずく。

「例えば、今、あなたが不幸だとします。借金があるとか、仕事をクビになったとか？　彼氏にフラれた、騙《だま》された、とにかく不幸だったとして……」

玲司は弥生の目の前で、指折り数えてみせた。

「そんな現実がいやで、過去に戻って人生をやり直そうと思ってどんな努力をしても、借金は無くならないし、仕事はクビのまま、彼氏にフラれた現実も、騙された現実も、一切変わりません」

「なんで？」

思わず感情的になって関西訛《なま》りのイントネーションが強く出た。

玲司も弥生が西の人間であることに気づく。

「……なんでって聞かれても、そういうルールだからです」

「ちゃんと説明してください！」

弥生は玲司につめよったが、玲司は飄々《ひょうひょう》としている。

数が、レジ前から、

「そのルールを誰が決めたのか、いつから決まっているのかは誰も知らないんです」

と、助け舟を出した。

つまり、説明のしようがないと言っている。

「……誰も？」

「ここ、明治のはじめ頃に作られた喫茶店なんですけど、その時から過去には戻れたらしいんです。でも、なぜ、過去に戻れるのか、なぜ、こんなめんどくさいルールが存在するのかは誰も知らないんです」

玲司は一番手近にあった椅子を引き出して、くるりと回転させて、椅子の背もたれに体を預けるようにして腰を下ろした。

「なんでも、最初は誰もいない店内にポツンと一通の手紙が置いてあったとか……」

「手紙？」

「ええ。その手紙にはこう書かれていたそうです」

過去に戻ってどんな努力をしても現実は何も変わらない

「これ、すごいルールですよね？　過去に戻りたい人って、たいがい、何かやり直したいことのある人ばっかりなのに、過去に戻ってどんな努力をしても現実は変えられない。つまり、やり直せないってことですよ？」

玲司の目がキラキラしている。謎だらけで摩訶《まか》不思議なルールに興奮しているのがわかる。もちろん、その口調は完全に他人事《ひとごと》であるから、弥生としてはおもしろくない。

冷めた表情で、

「……他は？」

と、低い声で言った。

「聞きます？　普通の人はこのルール聞くだけで帰っちゃうんですけど……」

「他は？」

弥生から、同じ言葉がでた。少しイラついているのがわかる。

玲司はちょんと両肩をあげて説明を続けた。

「二つ目のルールはこうです」

この喫茶店を訪れたことのない者には会うことができない

「え？」

弥生はあからさまに怪訝な表情を浮かべた。

だが、玲司はあわてていない。事務的に話を進める。

「これは、そのままの意味です」

「なんで？」

言葉が訛《なま》る。弥生は、強い疑問を抱いたり、感情が高ぶるとイントネーションに強く訛りがでるようだ。

「なぜかというと、三つ目に……」


過去に戻れるのは、この喫茶店のある席に座った時だけ。そして、過去に戻ってもその席からは離れられない

「……と、いうルールがあるからです」

弥生は「なぜ、そんなルールがあるのよ！」と、言いたくなる衝動をぐっと飲み込んだ。ど

うせ、納得のいく回答は得られないことを悟りはじめている。

（ルールだから）

一辺倒の説明も受け入れてみると、一つひとつはそれほど難しい内容ではない。

だから、

「過去に戻っても、過去に戻るために座った席からは移動できないルールになっているので、この喫茶店の外に出ることはできません。つまり……」

という玲司の説明の途中で、弥生は、

「……この喫茶店に来たことのある人物にしか会うことはできない」

と、自《みずか》ら答えてしまったりした。

「その通りです」

玲司はピッと人差し指を弥生に向けながら笑ってみせた。

（別に嬉しくない）

言葉にはしなかったが、弥生は顔をそらすことで意思を示した。

「あと……」

「まだあるの？」

「四つ目のルールです……」

制限時間がある

「制限時間まで……」

弥生はそうつぶやくと、目を閉じて大きなため息をついた。

何のために遠路はるばる函館まで来たのか？　と言っているようにも見える。

そんな弥生を見て、玲司は椅子から立ち上がり、

「そうなんです。めんどくさいんです。あなただけじゃありません。ここを訪れるほとんどの人が、このルールを聞くと過去に戻るのをあきらめて帰ってしまうんです」

と、申し訳なさそうに言って小さく頭を下げた。

とはいえ、弥生にしてみれば、そんな玲司に頭を下げられても、ルールを作ったのは玲司ではないのだから慰めにはならなかった。

これまでも、弥生と同じように、これらのルールを聞いて意気消沈する客はたくさんいた。だが、その客の多くはショックも受けるがあきらめるのも早い。中には、過去に戻れると本気で思っていない客だっていた。多くのめんどくさいルールは、実際には過去になんて戻れな

いことをごまかすためのものだろうと吹聴《ふいちょう》する者もいる。

「過去に戻らせてほしい」と言った客たちにも、あきらめるための大義名分が必要になる。「だまされた」と吹聴することで自分を納得させているのだ。

だから、数たちは何と言われても構わないと思っている。なぜなら、実際に過去に戻った者はいるのだから……。

今回も同じである。

弥生に「そんなの詐欺じゃない！」と罵倒《ばとう》されたとしても、数はきっと「そうですね」程度の返答しかしないだろう。

しかし、玲司は自分が大事なことを忘れていたことに気づく。

昼間、弥生が去り際に言った言葉を……。


一人で生きなきゃいけないなら、死んだ方がましだった……

玲司はこの喫茶店で働きはじめて五年になる。その五年間、過去に戻りたいと言ってやって来た客たちは真剣ではあったが、たいがい、どんな努力をしても現実を変えることはできないと聞くと、帰ってしまう。

だから、つい、悪ノリしてしまったのだ。

（なぜ、こんな大切なことを忘れてたんだろう……）

玲司は無言で立ち尽くす弥生の前で、気が回らなかったことを後悔していた。


コチコチと時を刻む音だけが聞こえる。

函館港を一望できる窓の外には、暗い暗い夜の闇。

その闇の向こうに、点々と浮かびあがる幻想的な光が見えた。

漁火《いさりび》である。

その正体はイカ釣り漁船にびっしりと並ぶ集魚灯《しゅうぎょとう》の光で、ともすれば、闇の中を漂う灯籠《とうろう》のようにも見える。

「わかりました」

そう言って、弥生は玲司に背を向けた。

玲司は、弥生をこのまま帰してしまってはいけないような気がしてならなかった。だが、なんと声をかけていいのかわからない。

その時だった。

「この写真に写っているのは、もしかしてあなたですか？」

数が一枚の写真をかざして、弥生に声をかけた。

昼間、拾った写真である。赤ん坊を抱く若い夫婦らしき男女と、この喫茶店の店主の時田ユカリが写っている。そして、数のいう「あなた」とは、若い女が抱く赤ん坊のことだろう。

「あ……」

思わず弥生の声が漏れた。

弥生はかけ寄り、数の手から奪うようにして写真を受け取った。

「ええ」

弥生は数をにらみながら答えた。

「ご両親はもしかして……」

「ええ、私の物心がつく前に交通事故で……」

「そうですか」

(なるほど、この女性《ひと》は、亡くなったご両親に会いに来たのか……)

玲司は、ひとり納得の表情をうかべた。

もし、弥生が亡くなった両親に会いに来たというのであれば、二つ目の「この喫茶店を訪れたことのない者には会うことができない」というルールはクリアしていることになる。両親だという二人が写る写真は、間違いなくこの店内で撮られているものだからだ。

しかし、交通事故で亡くなった両親を助けたいと思っていたのであれば、それは残念ながら叶《かな》えることはできない。なぜなら、一つ目の「過去に戻ってどんな努力をしても現実は何も変わらない」というルールがあるからだ。

かつて、東京の店、フニクリフニクラにも交通事故で亡くなった妹に会うために過去に戻った、平井《ひらい》という女がいた。

平井はフニクリフニクラの常連客だった。だから、このルールが曲げられないことを承知で過去に戻った。平井ができたことといえば、妹と実家に戻るという約束を交わし、「ありがとう」という感謝の言葉を伝えることだけだった。

平井はルールをくわしく知ったうえで過去に戻ったが、弥生はそうではない。弥生がルールを聞かされたのはついさっきであり、そのルールを知るまでは両親を救えると思っていたかもしれない。

弥生は受け取った写真を大事そうにしまうと、

「失礼しました」

と、吐き捨てるように言って入口へと向かった。

「あの」

そんな弥生を呼び止めたのは玲司である。

「なんですか?」

弥生は足は止めたが、振り向かない。

玲司は、

「……せっかく来たんです。せめて、お父さん、お母さんに会って行かれてはどうですか?」

と、提案した。

遠慮がちなのは、現実を変えることができないのが前提なのだから、無理強いにならないように気を使ったからだろう。

「大好きだったんですよね? もし、ルールがなかったら助けようと思ってたんじゃないですか? だったら……」

「違います!」

途中で弥生が叫んだ。

「え?」

弥生は怒りのこもった目で玲司をにらみつけた。玲司はその目に気圧《けお》されて一、二歩後ずさる。

「私はこんな人たち大嫌い!」

弥生の唇がわなわなと震えている。怒りの矛先は玲司ではなかった。

数も仕事の手を止めた。

「私を産むだけ産んで、勝手に死んで……」

弥生はたまっていた鬱憤《うっぷん》を吐き出すように語りはじめた。

「身寄りのない私は親戚中をたらい回しにされました。施設ではいじめにもあった。私だけが、私一人だけがこんなに苦しみながら生きなきゃいけないのは、この人たちが勝手に死んで私を一人ぼっちにしたせいだって、ずっと恨んできたんです」

弥生はさっきカバンにしまった写真を取り出して、

「なのに見てください、この写真……」

と、数や玲司に見えるように突き出した。

「私の苦労も知らないで、自分たちだけ幸せそうな顔して……」

かざした写真が小刻みに震えている。

「だから……」

弥生は、荒ぶる感情を必死に抑え込んでいる。

怒りなのか、悲しみなのか……

おそらく弥生自身もよくわからなくなっているのかもしれない。そんな押し殺せない感情が、

「会えるものなら文句の一つでも言ってやりたいと思ってました」

という言葉になって、弥生の口をついて出た。

「そのために過去に行こうとしてたんですか……？」

「そうよ！　でも、こんなめんどくさいルールがあるなんて知らなかったし、聞けば聞くほどバカバカしいというか、これで過去に戻れますって言われて信じろっていう方がおかしいでしょ？」

だから、帰るつもりだった。しかし、玲司の言葉に神経を逆撫《さかな》でされたのか、堰《せき》を切った感情は止まらなくなってしまった。

「大好きな両親に会いに来た？　人の苦労も知らないくせに勝手なこと言わないで！」

「いや、あの、その……」

「現実は変わらない？　いいわ、それでもかまわない。変わらないってことは、何言ってもいいってことでしょ？　この際だわ。本当に戻せるっていうなら、過去に戻してもらおうじゃないの？　私は私を一人ぼっちにしたこの人たちに思いっきり『ばかやろう！』って言いに行ってやるわ！」


確かに、何を言っても現実が変わることはない。

これはこの喫茶店の絶対的なルールである。たとえ、本人たちに交通事故で亡くなることを伝えたとしてもだ。

そして、弥生はそのルールを逆手《さかて》にとって、完全に開き直ってしまった。

弥生は、ずいと一歩踏み出して、

「さぁ、私をこの日に、この人たちが私の未来のことなんか気にもしないで呑気《のんき》に写真を撮ってるこの日に戻してみなさいよ！」

と、言って写真を数に向かって突き出した。

（まずいことになった）

引き金を引いてしまったことを自覚しているのか、玲司は青い顔をしている。

ただ、数はあわてない。表情も変えずに、

「わかりました」

とだけ、答えた。

「え？」

数の返答に、玲司は少なからず驚いている。

玲司は、あれだけのめんどくさいルールを聞いてもなお、過去に戻りたいという客をあまり見たことがない。しかも、弥生は過去に戻って自分の両親に文句を言いたいのだという。たとえ、現実は変わらないといっても、その場が混乱するであろうことは容易に想像できた。

「恨み言ですよ？　大丈夫ですか？」

玲司は声を落として数に耳打ちした。といっても、三人しかいない静かな店内での会話である。どんなに声を落としても、その会話が弥生の耳に入らないわけはない。

弥生が玲司をにらみつける。

顔を伏せる玲司。その玲司に、数は、

「あの人のことを説明してあげてくれる？」

と、告げた。あの人とは、例の席に座る黒服の老紳士のことである。

数の態度に迷いはない。

過去に戻る理由など人それぞれである。その理由の善《よ》し悪《あ》しを判断する権利は誰にもない。あくまで自由なのだ。たとえ、亡くなった人の運命を変えることができないとしても、それを承知で過去に戻ると決めるのは本人なのだ。文句を言うのも自由。そのことに対して不安を感じているのは、玲司の個人的な感情である。

多少の不安は残るものの、玲司は数の言うとおりにすることにした。

「いいですか？　よく聞いてくださいね。過去に戻るためには、この喫茶店のある席に座らないといけないんですが、その席には先客がいるんです」

「先客？」

「はい」

先客と聞いて、弥生はあらためて店内を見回した。自分以外に「客」と言えるのは、店の入口近くのテーブル席に座る黒服の老紳士しかいない。

そういえば……。

その老紳士はさっきからずっとそこにいた。いたにもかかわらず、今の今まで気づかなかったのは気配を感じなかったからだ。じっと動くことなく静かに本を読んでいる。気にも留めていなかったのではっきりとは思い出せないが、昼間来た時にもいたかもしれない。

しかし、あらためて見ると違和感がある。

なにがどうというわけではない。事実、この喫茶店の古めかしいレトロな空間の中にいる限り違和感はないのだが……。しかし、もし、この老紳士が街中を歩いていたとしたら、きっと、全員が同じ印象を受けるに違いない。

それは、
生きている時代が違う。

という印象である。

まず、服装からしてそうなのだ。弥生が知る限りではその服は「燕尾服《えんびふく》」と呼ばれるものに違いない。燕尾服は男性用の礼服で、上着の裾がツバメの尾のように割れているために、そう呼ばれる。そのうえ、この老紳士は室内にもかかわらず、シルクハットを被《かぶ》っていた。その在りようは、明治や大正時代を描いた映画のワンシーンのように見える。

あらためて見ると、その存在感は大きい。それでも気づかなかったのは、まるで店のインテリアの一部のように見えていたからかもしれない。

弥生は、老紳士を一度見てから、

「その席って、もしかして……」

と、玲司を見た。

(あそこに座れたら、過去に戻れるのね?)と、その目は訴えている。

「……はい」

玲司は答えながら、返事は不要だったと思った。なぜなら、弥生は玲司の返事を待たずに、静かに座る老紳士の前に歩み寄っていたからだ。

だが、

「あの」

「その人に話しかけても無駄ですよ」

弥生が話しかけると同時に、玲司は弥生の背後から声をかけた。

「無駄？　どういうこと？」

振り向きながら弥生が怪訝そうな表情を向ける。

弥生の問いかけに、玲司はゆっくりと一呼吸おいて、

「その人、幽霊なんです」

と、答えた。

「え？」

とっさには何を言われたのかわからない。

「なに？」

「幽霊です」

「ユウレイ……？」

「はい」

「嘘《うそ》でしょ？」

「嘘じゃないです」

「こんなにはっきり見えてるじゃない？」

弥生は、幽霊とはすきとおっているか、もしくは特別な人間にしか見えないものだと思っている。

「ええ、でも、幽霊なんです」

半ば強引ではあるが、玲司もゆずらない。

（そんなこと、信じられるわけないじゃない！）

その言葉を弥生はぐっと飲み込んだ。

ここは過去に戻れる喫茶店なのだ。その喫茶店で自分は過去に戻ろうとしている。自分が望んでいることとはいえ、過去に戻れることは信じて、はっきり見える幽霊の存在は信じないというのはおかしな話だ。それに……

（どうせ、くわしく聞いたところで納得のいく回答がもらえるはずはない……）

と、思っている。ルールの説明だってそうだった。

ここはいったん言われるがまま、受け入れることにした。

弥生は自分を落ち着かせるために大きく息を吸って、ゆっくり吐いた。さっきまで険しかった弥生の表情が、一種、あきらめにも似たものへと変わる。

「……どうすればいいの？」

素直な質問が弥生の口からでた。

「待つしかありません」

と、玲司。

「どういうこと？」

「あの人は、必ず一日に一回だけトイレに立つので……」

「幽霊なのにトイレ？」

「はい」

弥生は小さなため息をついた。

（なぜ、幽霊がトイレにいくのか？）

なんて、無駄な質問だとわかっている。

「トイレに立った、その隙に座るってことね？」

聞き分けがよくなっている。

「その通りです」

「いつまで待てばいいの？」

「それはわかりません」

「じゃ、この人がトイレに立つまで待つしかないのね？」

「はい」

「わかった」

弥生は、コツコツと歩を進めて、カウンター席に腰を下ろした。

「なにか飲まれますか?」

目の前の数が声をかけた。

弥生は、少しだけ考えるように間をとって、

「じゃ、ゆずジンジャー、ホットで……」

と、答えた。

夏とはいえ、この時間になると店内は少しひんやりとしている。

もともと、函館の夏は昼でもクーラーを使わずに過ごせる日だってある。

「かしこまりました」

答えて、厨房に向かおうとする数を玲司が制した。

「あ、俺、やりますよ」

「でも……」

時間は午後八時を少し回り、玲司の勤務時間は終わっている。

「せっかくなんで……」

弥生がどうなるのか最後まで見てみたい。玲司は目で訴えて、厨房に消えた。

カウンター席の弥生は、老紳士ではなく、窓の外に目をやった。

それからしばらくして、ふいに、

「産まないっていう選択肢だってあったはずですよね？」

と、漁火を見つめていた弥生が独り言のようにつぶやいた。

なんの前ふりもなく、唐突な話ではあったが、数には弥生が何を言いたいのかがすぐにわかった。

今日の昼間、流は菜々子たちの前で、自分の妻、計の話をしていた。それは、計が医者に「産めば、間違いなく寿命を縮《ちぢ》めることになる」と宣告されていたにもかかわらず、娘のミキを出産したという話だった。その時、弥生が険しい目をして流の話を聞いていたのを数は覚えていた。

弥生は、自分の境遇と重ね合わせて、〈命をかけてまで産まなくてもよかったのではないか〉と言っている。

「……そうですね」

数は逆らわない。

「たまたま、環境がよかっただけでしょ？　私みたいに独りで生きなきゃいけなかったとしたら、きっと『なんで産んだの？』って母親を恨んだはずよ……」

出産後、計はすぐ亡くなってしまうが、娘のミキには流がいた。数もいて、心を許せる常連客たちもいた。もちろん、寂しい思いはしただろうが、一人で生きなきゃいけないという環境ではなかった。誰かが支えてくれる。守ってくれる。現に、ミキは母親がいないことをのぞけば、元気一杯、健やかに育った。

もちろん、そんなことを弥生は知る由《よし》もない。ミキは、過去から会いに来た母親の計に向かって「産んでくれてありがとう」という言葉さえ伝えている。「なんで産んだの？」とは、ほぼ真逆である。

しかし、まったく違う環境であったならどうであったろうか？　母親は自分を産んで亡くなり、流も数もいない。頼れる人間がいなかったとしたら……。

だから、

「……かもしれません」

と、やっぱり数は逆らわなかった。

一人で生きなきゃいけないなら、死んだ方がましだった

昼間、弥生はそう言い捨てたが、両親を失った幼子が誰にも頼らず一人で生きていけるわけ

はない。おそらくは信頼に足る大人に出会えなかったのだ。

弥生が両親を交通事故で失って、最初に預けられたのは母の弟夫婦だった。もちろん、すすんで預かると言い出してくれたのだが、タイミングが悪かった。弟の妻の出産と時期を同じくしていたのだ。初めての出産で子育てに慣れないうえに、突然六歳の弥生と新生児の親になってしまったのだ。育児とは思い通りにならないことの連続で、まして、初めてであれば勝手もわからない。かわいいだけではすまされない感情が湧《わ》いてくることに自分を責めてしまった。頭では「預かった子」にもちゃんと愛情をかけなければいけないとわかっていても、その存在をうとましく思う時もある。

（自分の子だけでも大変なのに、なぜ、他人の子の面倒を見ないといけないのか？）

子供というものは、どんなに幼くとも大人の顔色をちゃんと見ているものだし、理解もできる。弥生は、この家族に対して遠慮がちな態度を見せるようになった。そんな弥生の態度が弟の妻をさらにいらだたせることになり、今度は父の姉の家に預かってもらうことになった。

父の姉の家には三人の子供がいた。上の子は小学校高学年で、一番下の子でも、その時七歳の弥生の一歳下という環境である。子育てにも慣れた父の姉は、つつがなく弥生を我が子として受け入れることができた。

だが、ここにも落とし穴があった。大人にとって、両親を失った弥生は同情すべき存在だが、子供たちにとっては突然現れた、親の愛情を奪《うば》う異物としてしか映らなかった。しかも、それは自分たちの親が弥生を平等に扱えば扱うほど反発心を生む結果となる。当然、子供たちは弥生を排除しようと考えた。物理的になにか危害を加えるわけではなかったが、三人の子供たちはだんだん弥生の存在を無視するようになった。ただし、親が見ているときは別である。親の前では仲のいい姉妹を演じ、それ以外では無視をする。ここでも、また、弥生は自分が歓迎されていない存在であることを思い知らされる。だが、ここを出て生きていけるはずがない。誰にも相談できず、心だけが削られていく。鬱々《うつうつ》とした感情は、自然、こんな環境に追い込む原因となった両親へと向けられた。

孤独。

幼心に刻まれた心の傷は、弥生の人格を大きくゆがめていく。「一人で生きていく」という弥生の言葉は、誰からも必要とされていないという自己否定なのだ。

つまり……

生きていてもしょうがない、と。

出されたゆずジンジャーを半分ほど飲んだ頃だろうか。窓から見える漁火も遠く、小さくなった。

ふいに、
パタリ
と、本を閉じる音がした。

弥生がその音のしたほうへ顔を向けると、老紳士が立ち上がるところだった。

「あ……」

思わず、弥生の口から声が漏《も》れる。

老紳士はというと、そんな弥生の反応に気づく様子もみせず、するりとテーブルと椅子の間から抜け出ると、そのまま、音もなくトイレのある入口脇まで歩きだした。もちろん、足音もない。

そのまま、トイレのドアを音もなく開け、消えるように中に入ると、音もなく閉めた。本を閉じる音がしなかったら、弥生は気づかなかったかもしれない。

弥生はゆっくりとカウンター席から降り立った。

数に目配せをして、

「いいのよね?」

と、必要もないのに声をひそめた。

「はい」

数は仕事の手を止めて答えた。

わずかに鼓動が速くなるのを感じながら、弥生はゆっくりと、その空席との距離を縮める。

コツリ、コツリと歩を進めるたびにどうしても足音は鳴る。しかし、トイレに消えた老紳士からは、何の音も聞こえてこなかった。

一瞬、

(やっぱり、本物の幽霊なのかもしれない……)

と思って、背筋に冷たいものを感じた。

「幸を……」

数が、そばに控えていた玲司にささやくように声をかけた。地下の居住空間にいる幸を呼んできてほしいと言っている。

弥生には、その少女の登場に何の意味があるのか理解できなかったが、玲司は心得ていて、ただ一言、

「わかりました」

と、答えて階段を降りていった。

(え？)

階下に降りていく玲司に気をとられていると、いつの間にか数がトレイを持って弥生のそばに立っていた。声をあげずにすんだのは、気づいた時にはすでに数は弥生の脇を抜け、老紳士が使っていたコーヒーカップに手をのばしていたからである。

数はテーブルの上をダスタークロスでスーッと拭きあげると、

「どうぞ」

と言って、弥生に席をすすめ、自分は弥生の返事も聞かずに食器を持ってカウンターの中へと戻った。

「……え、ええ」

弥生は誰にともなく返事をして、テーブルと椅子の間に体をすべりこませた。

座ってみると、何の変哲もない、ただの椅子だなと思った。英国風のアンティークでかなり古いものであるのがわかる。座面は硬めで、花柄のストライプ。もしかすると電気が走るような衝撃でもあるのかと警戒していたが、期待外れと言ってもいい。過去に戻るのだから、なんでもいい、はっきりと実感できるものが欲しかった。これだけ何もないと、逆に本当にこの椅子で過去に戻れるのだろうか？　という疑問すらわいてくる。

そんな思いを巡らせていると、カウンターの中から数の声が飛んできた。

「さっき、制限時間があると説明したのを覚えていますか？」

「ええ」

「これから私の娘があなたにコーヒーを淹れます」

「え？」

「過去に戻れるのは、娘がカップにコーヒーを注いでから、そのコーヒーが冷めきるまでの間だけ……」

予期せぬ内容に、弥生の理解が追いつかない。

「ちょっと待って、コーヒー？　なんでコーヒー？」

納得のいく説明が欲しい。

「それに、そのコーヒーを淹れるのはあなたじゃなくて、あなたの娘さんなの？　娘さんじゃないといけないの？　あと、もう一つ。コーヒーが冷めるまでって短くない？　え？　それが制限時間？　え？　え？」

弥生は思っていることを一気にまくし立てた。よほど動揺していたのか大事なことをすっかり忘れていた。

「そういうルールですので……」

何を言っても、返ってくるのはこの一言だということを。

事実、コーヒーの代わりに紅茶やココアを注いでも、過去に戻ることはできない。なぜ、コーヒーなのかは本当に数ですら知らないのだ。だからといって特別なコーヒー豆を使っているわけではない。コーヒー豆は市販のものでもいいし、豆を挽《ひ》く道具にも決まりはない。コーヒーの淹れ方も、ドリップだろうが、サイフォンだろうが関係ない。ただ、コーヒーを注ぐためのケトルだけは、代々使われてきた銀製のものということになっている。これまた、他のケトルで淹れても過去には戻れないし、その理由もわからない。

結局のところ、「そういうルールなので」ですませておくのがめんどくさくなくていい。

「数さん」

しばらくして、玲司が階下から戻ってきた。

「さっちゃん、着替えたらすぐ上がってくるそうです」

「ありがと」

数は答えると、納得のいく説明を得られずにうなだれている弥生の前に立った。

「なに?」

「最後にもう一つ、大事なルールが……」

「まだあるの?」

ため息まじりに言う弥生に、数は、

「過去に戻ったら、コーヒーは冷めきる前に飲みほしてください」

と、口調をあらためて告げた。

ハッキリとは言わないが、

（厳守せよ）

と、言われている気がする。

「冷めきる前、に？」

「はい」

なぜか？　とは聞かない。返ってくる答えはわかっている。

「それもルールなのね？」

「はい」

大事なことは、それが（厳守すべきルール）であるということ。

「……もし」

とはいえ、気になることがある。

「もし、飲みほさなかったら？」

弥生は、興味本位で聞いてみた。念のためである。もし、このルールをやぶった場合どうなってしまうのか？

「飲みほさなかった時は……」

「飲みほさなかった時は？」

「今度はあなたが幽霊となってここに座りつづけることになります」

表情こそ変えることはなかったが、数の放った言葉の圧力はさっきより重みを増していた。

ピリピリと空気が張りつめているのがわかる。それは、つまり、飲みほさないということが、

死

を、意味しているからだろう。

だが弥生は、そんなリスクがあることを聞かされたというのに、この時ばかりは表情も変えずに、

「わかった」

と答えただけだった。

ペタペタと階下から登ってくる足音がして、幸が現れた。その後ろから、のっそりと流が顔を見せる。

幸は真っ白なワンピースに、昼間、数が使っていたものとサイズ違いの、水色のエプロンを

つけている。

「お母さん」

幸の表情に、不安や緊張の色は見えない。自分のやるべきことをちゃんと自覚しているからなのか、それとも、七歳ゆえの無邪気さのせいなのかはわからない。

数は、うん、とうなずいてみせると、

「準備して」

と、厨房に促した。

「うん」

幸が足早に姿を消すと、その後を流が追った。幸の準備を手伝うつもりである。

その間、弥生は動かない。まるで、心ここにあらずという風で、静かに焦点の合わない目で宙を見つめている。

そんな弥生を横目に、玲司が数のそばに立ち、声をひそめた。

「大丈夫っすかね」

数は「なにが?」とは聞かない。弥生には聞かれたくない内容であることを察している。代わりに弥生がさっきまで飲んでいたゆずジンジャーのカップに手をのばした。

「……普通、自分が代わりに幽霊になるって聞かされたら、たいがいは驚くか、過去に戻ることは躊躇《ちゅうちょ》するじゃないですか？　他のルールって、過去に戻れるならメリットはあっても、デメリットはないわけだし……」

数はカウンター内の小さなシンクでカップを洗いはじめた。

玲司は話を続ける。

「でも、彼女、自分が代わりに幽霊になるって聞かされても、平然としてて……」

シンクに落ちる水音だけが、静かな店内に響きわたる。

玲司は、さらに声を落とした。

「なんか、いやな予感がするんですけど……」

先に「死んだ方がましだった」という発言も聞いている。玲司が心配するのも無理はない。

だが、数はそれには何も答えず、ただ、蛇口をキュッと締めるだけだった。

「数……」

厨房から流の声がした。同時に幸が姿を見せる。

幸は、おぼつかない手つきで銀のトレイを自分の目の高さで掲げている。トレイの上には銀のケトルと真っ白なコーヒーカップ。空のカップがソーサーの上でカチャカチャと音を立てた。

そのまま幸は弥生の下《もと》へ、後に数が続く。

「数さん」

玲司が不安げに声をかける。

だが、数は、

「大丈夫よ」

と、振り返ることなく答えるだけで、取りつく島もない。

七歳の幸には、まだトレイを一人で持ってカップを提供することはできない。だから、数が手伝っている。

トレイを後ろで数が持ち、幸はカップを両手で弥生の前に差し出した。

「ルールは？」

幸は言いながら銀のケトルに手を伸ばす。幸は数と弥生のやりとりを知らない。ルールを一から説明した方がいいのかどうかを聞いている。七歳とはいえ、やるべき仕事をちゃんと理解しているのだ。

「大丈夫よ」

数は優しくほほえんだ。

「わかった」

幸はケトルの取っ手を両手で持って、弥生に向き直った。

「いいですか？」

心の準備ができたかどうかを聞いている。

弥生は、まっすぐ見つめる幸の視線を避けるように、

「ええ」

と、伏し目がちに答えた。

そのやりとりを、玲司と流がなんとも言えない表情で眺めている。

しかし、二人の心のうちはまったく違う。玲司は過去に戻った弥生がそのまま戻ってこないんじゃないかと心配していて、流は幸がうまくやれるかどうかを気にしている。

数だけが涼しい顔で控えていた。

「じゃ」

幸は、そう言って背後の数に目配せして、にっこりほほえむと、

「コーヒーが冷めないうちに」

と、告げてゆっくりとカップにコーヒーを注ぎはじめた。

ケトルの取っ手を両手で持っているとはいえ、七歳の幸にはまだ少し重いのだろう、注ぎ口

が小さくゆらゆらと揺れている。こぼれないように必死にケトルの注ぎ口を見つめている姿が可憐《かれん》である。

(かわいい)

心ここに在らずと思われた弥生でさえ、一瞬心を奪われた。

その瞬間、カップに満たされたコーヒーから、
ゆらり
と、一筋の湯気が立ち上った。

見ると、まわりの景色がグラグラと揺らぎはじめている。

「あ……」

弥生は思わず声を漏らした。

揺らいでいると思っていたのは景色ではなく、弥生自身であったからだ。弥生の体はコーヒーから立ち上った湯気と同化して上昇を始めた。同時に、見えていた景色が上から下へと流れている。

その流れはまるで走馬灯のようにこの喫茶店の出来事を映しだす。

昼から夜へ、夜から昼へ。長いようで短い時間の流れ。

(時間を遡《さかのぼ》っている)

弥生はゆっくり目を閉じた。怖くはない。覚悟はできている。

大事なことはただ一つ。

どうやって自分以上の苦しみを与えるか？　どうせ、なにをやっても「つらい」現実は変わらない。

だから、これは復讐《ふくしゅう》なのだ。

自分一人を残して、勝手に死んだ両親への復讐……。


弥生は授業参観が嫌いだった。

その回数は学校ごとで異なるが、弥生の通っていた小学校では学期ごとに年三回の授業参観があった。

参観日のたびに、友達から、

「弥生ちゃんとこは、本当のお母さんじゃないんだよね？」

と、言われる。そのことで、あからさまにからかってくる男子とケンカになることもあった。

だが、それ以上に弥生の心をイライラさせる言葉があった。

それは、参観日のたびに友人の口から吐き出される、

「来てほしくない」

という言葉である。

親のいない弥生にとって、聞いていて涙がでるほどくやしい気持ちになる言葉だった。なぜなら、どんな努力をしても親が生き返ることは決してない。親がいないことでこんなにもつらく、悲しい目にあわなければいけないのだ。そして、それは一生続く。

(私の人生はもう終わっている)

小学生の時から弥生の心は悲観的にゆがみはじめていた。

高学年になると、その心の鬱憤から家で暴れるようになった。その後、父の姉の家でも手がつけられなくなり施設に預けられる。

施設に預けられると、孤独感はさらに強くなった。

自分の気持ちなんて誰にも理解してもらえない、私は結局一人で生きていくしかない、と殻《から》にこもるようになる。

中学に入って学校には行かなくなってしまった。行っても、まわりの友達には親がいて、幸せそうに見える。親の話をしている友達の会話を聞くとイライラするだけではなく、憎くて仕方がなくなる。そんな場所にいるのは、苦痛以外のなにものでもなかったのだ。

もちろん、高校には行かなかった。すぐにアルバイトをはじめ、施設にも戻らなくなった。ネットカフェをその日暮らしで泊まり歩く。いわゆる、ネットカフェ難民である。寒くなければ野宿することもあった。

野外の硬い地べたで雨風を凌《しの》ぎながら、何度、涙を流したことだろう。

なんのために生まれてきて、なんのためにこのつらさに耐えて生きていかなければならないのかわからない。

それでも、このまま死ぬのは悲しすぎる。

いつからか、両親が残した一枚の写真に写る喫茶店を探すことだけが、唯一の生きがいになっていた。

半年前。

とあるサイトにアップされた見覚えのある喫茶店の店内写真を見つけた。

函館市函館山のふもとのとある喫茶店。

その喫茶店には過去に戻れるという都市伝説があった。

(それが本当なら……)

弥生はそれまでギリギリの生活費しか稼いでいなかったが、函館へ行く飛行機代を貯《た》めるために半年間、必死に働きはじめた。

（もし、過去に戻れるなら、戻って両親に会えるのなら……）

写真の中で幸せそうにほほえむ両親に向かって、

（あんたたちの子供は、あんたたちが死んだせいでこんなにも不幸になった！）

と、ぶちまけてやりたいと思った。

（私の人生はもう終わっている。今さら、後には戻れない）

どうせなら、自分の苦しみ、悲しみ、くやしさの十分の一、いや、百分の一でも味わわせてから死にたい。

（このまま死ぬのだけは絶対に嫌だ！）

そして、今日、弥生はこの喫茶店を訪れた。

帰りの飛行機代など持っていなかった。


眩《まぶ》しさを感じた瞬間、曖昧だった手足の感覚が戻ってきた。

はっきりと手だとわかるそれで光をさえぎりながら、ゆっくりと目を開けると、一面真っ白に輝く窓が見えた。もう、真っ暗な海に浮かぶ漁火は見えない。そこにあるのは、昼間見たものと同じ、雲ひとつない青い空と函館港だった。

(過去に戻ってきた)

弥生は一瞬で理解した。

夜から昼へ、世界は一変している。

目の前にいた幸という名の女の子も、数たちもいない。代わりにいるのは、見たこともない二十代後半くらいの男が二人と、窓際の席に女が一人。そして、カウンターの中でニコニコとほほえむ、弥生の写真に写っていた女である。

そのユカリと一瞬、目があった。

だが、ユカリは小さくうなずいただけで、目の前の三人との会話を途切れさせることはなかった。

「それで?　コンビ名は決まったの?」

「はい」

男二人のうち、体格のいい銀ぶち眼鏡の男が答えた。

「なんて名前?」

「ポロンドロンです」

もう一人のひょろりと背の高い男の甲高い声が響く。

（え？）

弥生はその名前を聞いて驚いた。ポロンドロンといえば、ここ数年で一気に有名になった人気コンビである。それが確かなら、背の高い男がボケの林田《はやしだ》で、銀ぶちの眼鏡がツッコミの轟《とどろ》木《き》ということになる。弥生ですら知っている、有名なお笑いコンビである。だが、自分の知るポロンドロンはこんなに若くない。

間違いない。ここは過去の世界である。

「ポロンドロン……？」

ユカリは小声で、二人が決めたというコンビ名を反復《はんぷく》する。

「どうですか？」

轟木と林田が声をそろえてユカリの顔を覗きこむ。見た感じ、二人はユカリのことを姉のように慕《した》っているのではないだろうか。ユカリの反応を二人が息を呑んで待っている。

「いい名前！」

開口一番、ユカリはそう言って、

「一番！　優勝！　一等賞！　絶対売れる！」

と、続けた。

二人の表情が爆発的に明るくなる。

「出た！」

「よかった！」

「ユカリさんにそれ言ってもらうために寝ずに考えてたんだもんな？」

「そうそう！」

二人は嬉しそうに、まさしく手を取り合って喜んだ。

「でも、本当にいい名前ね、覚えやすい。えっと、ドロンデロンだっけ？」

「ポロンドロン！」

「え？　あれ？」

名前が違う。覚えやすいと言いながら、全然覚えられていない。

「さっき優勝とか言ってましたよね？」

「ごめんごめん」

手を合わせるユカリ。轟木が肩を震わせながら、

「ユカリさんのボケには敵《かな》わないな」

と、笑った。

「ホントだよ」

林田がわざとらしくため息をついた。

「そろそろ時間だよ?」

ふいに、二人の背後に控える女が声をかけた。轟木と林田と比べるとかなり若く見えるが、色白できれいな顔立ちの女は落ち着き払っていて、大人な雰囲気を醸《かも》し出している。

迫っているのは飛行機の時間である。

「世津子《せつこ》ちゃんもついて行くの?」

「はい、もちろん」

世津子と呼ばれた女は迷いなく答えた。

「がんばってね」

「がんばるのは、こいつらですけどね」

言って、世津子はニヤリと笑った。

「こいつらって……」

轟木が嬉しそうにため息をついた。

ここで、ユカリが弥生の方に顔を向けて、突然、

「未来から来たの?」

と、声をかけた。

初めましてであるはずなのに、なんの辞儀《じぎ》もない。ついさっき、ふいに途切れた会話の続きでもあるかのように。

弥生も、思わず、

「あ、はい」

と、答えてしまった。

「あ……」

轟木たちは、この時初めて弥生の存在に気づいたのだろう、

「じゃ、俺ら、飛行機の時間あるんで……」

と、言ってあわててそばにあった大きなキャリーバッグに手を伸ばした。

ユカリを姉のように慕っているのであれば、当然この喫茶店のルールも熟知しているに違いない。

「そう？　がんばってね、応援してる！」

そのまま、三人は深々と頭を下げて、喫茶店を後にした。

カランコロロン

ユカリは何気なく三人を送り出したが、弥生のことを気遣ったのかもしれない。その席に座っているからには、誰かに会いに来たに違いないからだ。それに、制限時間もある。

「これからね、東京に出てお笑い芸人になるんだって……」

だからと言って、すぐさま「誰に会いに来たのか？」なんて聞くようなことはない。

「夢があるわよね？」

そう言って、慣れ親しんだ常連客を相手にしているかのように話しかけた。

「名前は？」

「え？」

「あなたの名前よ？　ないの？　名前？」

「……弥生、です」

「ヤヨイちゃん？」

「はい」

「ステキな名前ね」

ユカリはそう言って、胸の前で祈るような仕草で手を合わせたが、弥生は名前を褒められても表情すら変えず、ただ目を伏せただけだった。

「どうしたの？」

「嫌いなんです、この名前……」

「どうして？　かわいいじゃない？」

「この名前をつけた両親のことを恨んでますので……」

恨むという言葉が出た。ただごとではない。

しかし、ユカリはあわてない。カウンターから身を乗り出して、

「じゃ、その名前をつけたご両親に、文句でも言いに来たのかしら？」

と、興味深そうに目を輝かせた。

（なんなの、この人！）

弥生は本心を言い当てられたことよりも、自分のことを物珍しそうにジロジロ眺めるユカリの態度が気に入らなかった。

弥生は、不快感をあらわにして、

「悪いですか？」

と、反問して見せた。初めて会った相手にケンカを売っても仕方ないことはわかっている。

だが、我慢できなかった。

だが、ユカリは弥生に説教をする気はなかった。

握りこぶしを振り上げて、

「思いっきり言ってやればいいのよ！　どうせ、何言ったってあなたの未来は変わらないんだから！」

と、言い放った。

「なんなの、この人……」

思わず、心の声がそのまま口から出た。

しかも、文句を言うべき相手はまだ姿を現さない。

（もしかして、間違えた？）

戻ってくるべき日のことである。

具体的にどうやれば自分の戻りたい日に戻れるのかを聞いた記憶がない。写真を持っていたから漠然と（この写真を撮った日に戻りたい）と思っていただけだった。

（そういえば……）

「あ……」

ふいに、昼間、流たちが話題にしていたことを思い出した。流の妻は、過去から未来へ来るときに十年後の十五時を目指したのに、間違えて十五年後の十時に来てしまったのだという。流はそれを伝えるために電話しないといけないと言って、店の外に出た。

状況をくわしく理解していたわけではないが、

（そんな間違いある？）

と、心の中で突っ込んだのを覚えている。

ただ、ポロンドロンの二人の年齢から考えて、おおよそ二十年前に戻って来ていることは確かだ。

問題は、

「日」だけではない。

「時間」である。

弥生は具体的な時間はイメージしていなかった。ただ、撮った「日」に戻りたい、そう願っていただけである。一日は二十四時間あるが、コーヒーは十五分もあれば冷めきってしまうだろう。その十五分の間に、会うことができなければ過去に戻っても意味はない。

写真の裏の日付のように、具体的な日にちと時間さえわかっていれば……

（待って！　待って、待って、待って！　たしか……）

弥生はあわてて自分のカバンの中を探って、例の写真を取り出して、見た。

写っている。

弥生の写真の中に、この喫茶店の時計が写っている。自分を抱いて笑顔で写る両親とユカリの後ろに、大きな柱時計が写っている。その時間は……

午後一時三十分。

弥生は時計を見た。時間……

午後一時二十二分。

（八分前！　八分前！）

弥生は、思わずコーヒーカップに手を当ててコーヒーの温度を確かめた。熱くはない。熱くはないが、まだ、冷めきるには時間がある。

弥生は安堵《あんど》のため息をついた。

文句を言うべき相手はこれから現れるに違いない、そう思ったからだ。

そして、まさに、その時だった。

カランコロロン

カウベルが鳴った。

弥生に緊張が走る。

（やっと会える）

そう思うだけで弥生の呼吸は荒くなった。

（やっと会える？）

憎むべき親なのに……

「いらっしゃい、あら？　あら、あら、あら、あら、あら〜」

ユカリは頓狂な声をあげながら、赤ん坊を抱えた瀬戸美由紀《せとみゆき》と、夫の敬一《けいいち》を迎え入れた。そして、美由紀のことを包み込むように優しく抱きしめると、

「おめでとう、今日だったわね、退院。言ってくれれば迎えに行ったのに？　え？　わざわざ会いに来てくれたの？　まー、嬉しい！　こんな嬉しいことはないわ！　明日世界が終わってもかまわないくらい嬉しい！」

と、一気にまくし立てた。嬉しくて仕方がないのだ。

「あいかわらず、ユカリさんは大げさだなあ」

敬一はそう言って、大きな声で笑った。隣で美由紀も笑顔を見せる。

当然ながら、二人は写真に写っていた格好そのままで、美由紀に抱かれた赤ん坊は薄水色の産着に包まれている。

美由紀は、そんな様子を呆然と見つめる弥生の視線に気づいたらしく、ほほえみながら小さ

く頭を下げた。

「ま～、かわいい、女の子？」

ユカリが産着の中を覗き込む。

「はい」

「どっち似かしら？」

ユカリの視線が、美由紀と敬一の顔を行き来する。

「妻でしょうね。僕に似てたらこんなにかわいいわけがない」

はにかみながら敬一が答えた。

「確かに」

「ちょっと！　そこは否定してくださいよ！」

「ごめん、ごめん」

「も～」

和気あいあいとしていて、幸せそうな雰囲気が漂っている。

（なに、これ？）

弥生の心に怒りがこみ上げて来た。

（自分たちだけ幸せそうに……）

幼い頃、預けられた先で肩身の狭い思いをした記憶が蘇《よみがえ》る。

(あなたたちが死んだせいで……)

従姉妹《いとこ》たちに無視されつづけた記憶、中学の不登校、高校進学をあきらめ、日雇いのバイトでその日暮らしの生活、そんな記憶が一気に弥生の頭の中をぐちゃぐちゃと駆け巡った。

(こんなにも苦しんできたのに……)

弥生が感じていたのは怒りだけではなかった。

目の前の三人とは、たかだか二、三メートルほどしか離れていないのに、生きている世界に大きな隔《へだ》たりを感じていた。

一方は幸せで、一方は不幸せ。

その輪の中に入れない疎外感、そして寂しさ。

ルールによって席から移動できない弥生は、そのルールからさえも、その中に入ることを許されていないのだと感じていた。

何もかも、悪い方へ、悪い方へと受け止めてしまう。

(自分だけが、なぜ、こんなに嫌な目に遭わなければいけないの?)

もう三人を見ているのもつらい。

肩をふるわせ、うつむく弥生の目からポロポロとくやし涙がこぼれた。

ただただ、自分の不幸が悲しかった。誰からも助けてもらえない孤独がつらかった。

(もう、このままコーヒーが冷めてしまって、幽霊になったっていい)

そう思った時である。


「一人で生きなきゃいけないなら、死んだ方がましだと思っていました」

そんな女の湿った声が、弥生の耳に飛び込んできた。

(……え?)

このせりふは、昼間、弥生自身が帰りぎわに吐き捨てたものと同じである。

だが、弥生は何も言っていない。

(誰?)

といっても、考えられるのは一人しかいない。

(まさか……)

顔を上げると、いつの間にか赤ん坊を敬一が抱き、美由紀がユカリに向かって深く頭を下げているのが見えた。

声の主《ぬし》は、弥生の母、美由紀である。

美由紀は顔を上げて話を続けた。

「ユカリさんにはなんとお礼を言えばいいのか……」

「お礼？」

「はい」

弥生は、なぜ、美由紀がそんなことを言い出したのかがわからなかった。さっきまで、あんなに幸せそうではなかったか？　写真にも、誰もがうらやむような幸せな家族が写っているではないか？

（なに？　どういうこと？）

弥生の耳は、美由紀の言葉に釘付《くぎづ》けになった。

「四歳の時に両親が失踪してしまい、親戚中をたらい回しにされた私には、どこにも居場所がありませんでした」

（え？）

弥生は、自分の耳を疑った。まさか、自分の母親が幼少期に捨てられていたなんて知らなかったからである。

「うんうん」

「中学を出ると、叔父夫婦にはタダでご飯を食べさせるわけにはいかないと進学は許してもらえず、働きはじめたのに、私は不器用で、職場では失敗ばかり……」

「うん、うん」

「職場でいじめにもあい、つらくて辞めると、我慢が足りないのだと責められ、挙げ句の果てには家を追い出されてしまいました」

「ひどい話だわ」

「なんで自分だけが、こんなにも苦しい目に遭わなければいけないのか？　他の人は幸せに生きてるのに、どこへ行っても人並みに立ち回れない自分が悲しくて、私には生きてる価値なんてないんじゃないのかなって、そう思っていました」

美由紀の話を聞いて、ユカリの目にはうっすらと涙が浮かびはじめた。

「五年前の冬……、もし、あの日、湾に身を投げようとしている私に、ユカリさんが声をかけてくれなかったら……」

「あったわね、そんなこと……」

「この喫茶店に出会わなかったら……」

「むりやり連れてきちゃったのよね？　うんうん、覚えてる」

「私がこの幸せを手にすることはなかったと思います」

「そんなことない」

「本当に、ありがとうございました」

そう言って、美由紀はもう一度、深く頭を下げた。

耳を疑った。

初めて聞く話である。

美由紀も自分と同じように幼い頃に両親と別れ、中学を出て働き、いじめられ、苦しんでいた。そして、まさか、死のうと思ったことがあるなんて……

(それなのに……)

自分とは違う。弥生は不平不満の人生を歩み、美由紀はちゃんと幸せを掴《つか》んでいる。

何があったのか?

自分と美由紀は、何が違ったのか?

弥生は息をするのも忘れてしまうほど、二人の話に集中した。

「頭をあげて」

と、ユカリ。

言われて、美由紀がゆっくりと顔をあげる。

ユカリの目が、美由紀に優しくほほえみかける。

「よく、あきらめないでがんばったわね。よくがんばった。魔法じゃないんだから、あの日、私があなたに声をかけたからって、現実が一変したわけじゃないでしょ？　苦しい状況は何一つ変わらなかったじゃない？　でも、未来に向かってがんばろうって、幸せにならなきゃってがんばったから、今のあなたがあるんでしょ？」

美由紀はユカリの言葉を一つひとつ、うんうんと、うなずきながら聞いていた。目からはそのたびにポトポトと涙がこぼれおちる。

「顔を上げなさい。胸を張っていいのよ。この幸せはあなたが自分でつかんだものなんだから……」

美由紀は「はい」と返事をして、顔を上げ、胸を張った。そして、涙でぐしゃぐしゃになりながらも満面の笑みをつくった。

「うん、うん、いい顔ね。いい顔してる。それでいいの。その笑顔が大事なのよ」

ユカリも満足そうにほほえんだ。

「そうだ」

はっとした表情でユカリがなにかを思い出して、手を打った。

「名前……、この子、名前は？」

「あ、そういえば……」

まだ言ってなかったと、美由紀は赤ん坊を抱く敬一を顧みた。赤ん坊が敬一の手から、美由紀の手の中へと受け渡される。

弥生は聞かなくても知っている。

「弥生」

と、美由紀。

私の名前。

「ヤヨイちゃん……」

お母さんがつけてくれた私の名前。

長い沈黙の間……

いや、一瞬だったのかもしれない、ユカリと目が合った。

そして、ユカリは静かに、

「そう、弥生ちゃんて言うの？」

と、ささやいて、

「素敵な名前ね……」

と、赤ん坊の弥生のほっぺを優しくなでた。

赤ん坊の弥生が顔をくしゃくしゃにして嬉しそうに笑った。

ボーン……ン

この喫茶店の柱時計は三十分になると一発だけ低くて間延びした鐘を打つ。

一時三十分。

弥生は、写真の中の柱時計を見た。

敬一がカバンからカメラを取り出し、

「……記念に一枚、いいですか？」

と、洟《はな》をすすりながら言った。

「そうね、じゃ……」

ユカリはカメラを受け取ると、ツカツカと弥生の前に歩み寄った。

「え？」

虚をつかれたように目を丸くしている弥生に、ユカリは、

「撮ってもらえるかしら？」

と、カメラを差し出した。

「……え、えっと」

見ると、美由紀と敬一も期待の眼差しを弥生に向けている。

「お願いします」

美由紀が笑顔で頭を下げた。

「……わかりました」

弥生は、ユカリからカメラを受け取り、ファインダーを覗き込んだ。

「あ……」

思わず、声が出た。

（この構図……）

赤ん坊の弥生を抱く美由紀を真ん中に、両脇に敬一とユカリがいる。その背には午後一時半を告げる大きな柱時計と、窓から差し込む明るい光。そこには、ずっと、ずっと眺めていた写真のままの絵が広がっていた。

カメラのシャッターボタンに指をかける。

「これ、押すだけでいいんですよね？」

「そうよ」

ユカリが答えて、ファインダーの中の美由紀が弥生に笑いかけた。

（あ……）

その瞬間、弥生は気づいた。

両親が亡くなって以来、この写真を見ては、自分だけ蚊帳の外にいるような疎外感を覚えていた。だが、違ったのだ。自分はこの中にいた。ちゃんと母親の手に抱かれ、自分も笑顔でそこにいる。この幸せは、両親と私のものだったのだ、と。

「撮りますよ?」

視界がぼやけてよく見えない。

「はい、チーズ……」

弥生は、静かにシャッターを切った。

「ありがとう」

「いえ」

美由紀のお礼に、弥生は顔を伏せて答えた。

無言でカメラをユカリに手渡す。

ユカリが、

「文句は言わなくていいの?」

と、少し意地悪げな顔でささやいた。ユカリには弥生が誰に会いにきたのかわかっていたのかもしれない。ちょっとだけくやしかったが、

「もう、いいんです」

弥生は、そう答えて、コーヒーカップに手をのばした。

随分、ぬるくなってしまった。

（私も、あきらめないでがんばれば、もしかして……）

弥生は、一気にコーヒーを飲みほした。

ゆらゆらと、体がゆらめきはじめた。めまいがして、ボワッと湯気と化した体がふわりと浮かび上がる。

天井に向かって上昇する弥生の姿を美由紀たちが見上げているのがわかる。もう、二度と会うことはないだろう。弥生は、薄れていく意識の中で、思わず叫んでいた。

「お母さん！　お父さん！」

その言葉が届いたかどうか……。


気がつくと、窓の向こうに小さな漁火の明かりが見えた。

昼から夜へ。

シェードランプに照らされて店内は優しいオレンジ色に包まれている。

「ああ……」

戻ってきた。

目の前に、もう美由紀たちはいない。代わりに、心配そうに覗き込む幸の姿と、遠巻きに弥生を見守る数たちが見えた。

（夢じゃない……）

手元の写真には、ファインダー越しに見た美由紀の笑顔が写っている。

（夢じゃなかった……）

弥生はゆっくりと目を閉じて、肩を震わせた。

ボーン……ン

柱時計が午後八時三十分を知らせる鐘を打った。

気づくと、トイレから戻ってきた黒服の老紳士が弥生の目の前に立っていた。

「あ……」

弥生はあわてて席を立ち、老紳士に席をゆずった。

「失礼」

老紳士はうやうやしく頭を下げると、音もなくするりとテーブルと椅子の間に体をすべりこませた。

「いかがでしたか？」

弥生の脇をすり抜けて、数が弥生の使ったカップを片付け、老紳士に新しいコーヒーを差し出しながら言った。

「私は……」

弥生は、手に持った写真をかかげて、

「一人じゃなかったみたいです」

と、答えた。湿った瞳とはうらはらに、清々《すがすが》しい表情である。

「そうですか」

数はすまし顔でそう答えたが、玲司は弥生が過去に行ったきり帰ってこないのではないかと心配していただけに、大きな安堵のため息をついて近くの椅子に座り込んだ。

弥生はそんな玲司の気持ちなど知る由もなく、軽快な足取りでレジの前に進み出ると、

「いくらですか？」

と、明るい声で伝票を差し出した。

だが、数は動かない。

レジまでの距離は玲司より数の方が近い。この場合、レジには数が入るのが自然だし、いつもの数ならそうしている。だが、数はじっとしたまま、過去に戻れる席の前から動こうとはしなかった。

玲司のこんな時の反応は早い。すぐに代わりにレジに入ろうと立ち上がる。

だが、その玲司を数が手で止めた。

(数さん?)

玲司が首をかしげていると、

「まだ、終わっていませんよ?」

と、弥生に声をかけて、例の席に座っている老紳士を見た。

その瞬間……

老紳士の体が突然湯気となり、天井に吸い込まれるように上昇した。見ると、湯気の下から薄汚れたダッフルコートを着た女が現れた。一瞬で人が入れ替わった様子はまるで手品でも見ているかのようだ。

数や流は見慣れた光景なので特に驚いたりしない。幸にいたっては、まさに手品を見ているように目を輝かせている。玲司も見たことがないわけではなかったが、弥生が戻ってきて、すぐというタイミングに少なからず驚いているようだ。

「え？」

レジの前にいる弥生だけが、この現象を目《ま》の当たりにして呆然としている。

「ここは……？」

湯気の下から現れた女の口から、か細い声が漏れた。

女は青白い顔で店内を見回している。しかも、顔が青白く見えたのは、単に驚いているからではなかった。やせ細り、唇青く、目には生気がない。放っておけば、死んでしまうのではないかと思えるほどの健康状態にあった。着ている服も、何度か転んだのではないかと思えるほど、埃《ほこり》にまみれている。

そんな女の体は小刻みに震えていた。

ふいに、

「お母さん……」

弥生がつぶやいた。

しかし、つぶやいた本人がその事実を信じられないでいた。

例の席に現れたのは弥生の母、美由紀である。

ただし、目の前の美由紀は、ついさっき弥生自身が過去に戻って見てきた美由紀とはまるで別人だった。今にも消えてしまいそうなほど存在感がない。

「お、お母さん？」

状況を理解できていないのは玲司も同じだった。

ただ、数だけが冷静に、

「どうかされましたか？」

と、美由紀に声をかけた。

それは、誰に対しても変わらない、いつもの数の対応だった。

美由紀は、怯《おび》える子犬のように数を見上げて、ほんの少しの間を置いてから、

「わかりません」

と、答えた。

自分でも、何が起きたのかよくわかっていない様子である。

「このお店の方に声をかけられて……、この席に座ってコーヒーを出してもらったんです。そしたら、なんだかめまいがして……、気がついたら……」

ここにいた、と。

自分が一体どこにいるのかも理解していない。店内の風景は変わらずとも、目の前にいた人が消え、見知らぬ人がいたら驚くのは当然である。

その戸惑いを察して、数はいつもよりゆっくり、そして優しく話しかけた。

「その、お店の方からはなにか説明を受けませんでしたか？」

ルールのことだ。

美由紀は、ちょっと前の出来事であるはずなのに、すぐには答えられず、

「ゆっくり目を閉じて、あなたが見たい未来を想像するように、と……」

途切れ途切れに言葉にした。

「見たい未来？」

流が口を挟む。

その場にいる者は、美由紀が過去から来たのだろうということは理解していた。

しかし、なぜか流は「見たい未来」という言葉に反応を示した。未来に人を行かせるには、あまりに曖昧すぎる。そして、そんな指示を出したのは、この喫茶店の店主である、流の母親をおいていないのである。

（あいかわらず、説明が雑すぎる）

流は心の中でうなるように吐き捨てた。

（説明が雑だ）

同じことを玲司も思っていた。だから、玲司がここで働くようになってからは、ルールの説明をユカリに代わって玲司がしていたのだ。玲司がルールの説明をそつなくこなしていたのは、

そのためなのだろう。

「他には？」

「あとは……」

数に問われて、美由紀は目の前のコーヒーカップに視線を落とした。

「……コーヒーは冷めないうちに飲みほすように、と言われました」

「それだけですか？」

これは、流。

「はい」

「ありえない」

流は白髪が混じりはじめた頭をかきむしった。

（それだけの説明で、たとえ、どんな理由があったとしても、この人を未来に行かせてしまうなんてどうかしている！　信じられない！　無責任すぎる！）

流は、時田家の人間として、あまりに無責任なユカリのやり方に憤慨していた。

しかし、そんなことを、今、美由紀を前にしてぼやいても仕方がない。

見ると、美由紀は困惑の表情を浮かべている。

「……ここは？」

どこか？　という意味ではない。総じて、どういう状況か？　ということを聞いているに違いない。それは、数も心得ている。

簡潔に、わかりやすくこの喫茶店が時間を移動できる喫茶店であることを説明したのち、

「ここは、きっと、あなたが見たいと思った数十年先の未来です」

と、しめくくった。

信じる、信じないは美由紀にゆだねるつもりで、言葉を選ばず、飾らず、ありのままを伝えていた。

とはいえ、すぐに信じられるはずがない。

「未来？」

美由紀の頭の中は、

（あの人は、なぜ、私をこんなところに行かせたのだろう？）

という疑問でいっぱいだった。

ふいに、レジ越しに自分を見つめる女の視線に気づいた。だが、美由紀には、その女が自分の娘であることはわからない。わかるはずがない。

しかし弥生は、美由紀を母親だと認識している。

しかも、その容姿から自分を産む前であることも……

弥生はどう対処していいかわからないまま、それでも話しかけずにはいられなかったのだろう、蚊の鳴くような小さな声で、

「あの、えっと、私……」

と、美由紀に声をかけた。

だが、それきりである。何を言っていいのかわからない。名乗るべきなのか、名乗るべきではないのかすら判断できない。

それに、美由紀のみすぼらしい格好が痛々しすぎて直視できないでいる。確かに、さっき過去に戻った時、言葉では聞いていた。社会に出てもうまく立ち回れず、仕事は失敗ばかり、生きている希望もなく湾に身を投げようとしていた、と。

だが、これほどとは思っていなかった。

その姿を目の当たりにした弥生は、自分の苦しみなんて、美由紀が味わったものに比べたら大したことはなかったのではないか、と思えて仕方がなかった。仮にも、大阪から函館までの飛行機代を捻出し、食事に困ることもなく、服だって人前に出て恥ずかしいものではない。

それに比べ……

胸が苦しい。何か、声をかけたいのに、かけるべき言葉が見つからない。

あまりに弥生の表情が苦しげに見えたのだろう、美由紀は、レジ越しの弥生に向かって、

「大丈夫ですか？」

と、優しく声をかけた。

その言葉を聞いた瞬間、弥生の心は後悔の念で打ちのめされる。

（なんて愚かな娘だったんだろう！　過去に戻って文句を言いたい？　バカじゃないの？　私は結局、自分のことしか考えていなかった、情けない、情けない……）

そのまま黙り込んでしまった弥生を美由紀が不思議そうな目で見ている。

「彼女は……」

沈黙をやぶったのは数だった。

「あなたの娘さんです」

言って、数はゆっくりと美由紀のそばを離れた。

弥生は動けなかった。

でも……

どこかで、言ってもらえるのを待っていたのかもしれない。自分では絶対に言い出せなかったから。数はそんな弥生の気持ちを見透かしていたのかもしれない。

ゆっくりと顔をあげる。

美由紀と目があった。数の言葉に驚きながらも、まっすぐに弥生を見つめている。

しばらくの沈黙の後、

「……私の？」

と、つぶやいた。

弥生の目から涙がこぼれた。それが、弥生の返事といえば返事になった。

「私の……」

そして、突如《とつじょ》、美由紀も両手で顔を覆《おお》い、肩を震わせて泣き出した。

「え？　なに？　どうしたの？」

弥生は思わず、美由紀の座る席の前まで駆け寄った。

寄るほどに、やせ細った手首や薄汚れたコートが目に飛び込んできて弥生の心を締め付ける。

「お、お母さん……？」

弥生は震える声で呼びかけた。

「……死のうと思ってたんです」
弥生は過去でその理由を聞いてはいたが、思わず
「なんで？」
と声をかけていた。

「私には、もう、何の希望もなかったから……」

冬の函館湾に身を投げるつもりだったのだ。

そこへ、ユカリが偶然、通りかかった。ユカリは一目見て、美由紀が考えていることを察し、声をかけたに違いない。そして、この椅子に座らせて……

「見たい未来を想像するように言われた時……、もう、どうせ叶わない夢でもいいなら……」

ゆっくりと美由紀は顔をあげた。

「自分の子供の幸せな顔が見たいな……って……」

その美由紀の言葉を聞いていた流の目は、じっと弥生の姿を見つめていた。

（なるほど……だから、彼女がこの喫茶店にいる、今日、このタイミングに現れたのか……）

と、目を細めて低いうなり声をあげた。

しかし、流の頭は混乱していた。

今まで、自分たちが考えてきた「未来」への行き方と全然違うからである。こんなに簡単に未来に行って会いたい人物に会えるものなのか？　という疑念が残る。

それでも、今は目の前の親子のことが大事である。流は、釈然としない気持ちをぐっとこらえて、弥生と美由紀の先行きを見守ることにした。

弥生は美由紀の前に一歩進み出た。

「夢じゃないよ」

「……？」

「これは夢じゃないの。お母さんは、今、二〇三〇年八月二十七日の二十時三十……」

弥生は写真にも写っていた柱時計を顧みた。

「三十一分に来てるの」

「二〇三〇年……？」

「私、今年、二十歳になったわ、お母さんに産んでもらったから……」

「私が……？」

「私、すっごい、すっごい幸せよ！　見て、こんなおしゃれもして、大阪に住んでるけど、観光で函館にだって来れちゃうんだから」

「大阪……？」

「うん。いい街よ？　函館もいいけど、食べるものはおいしいし、関西の人は優しいし、おもしろいのよ？　なんでもボケて、ツッコミいれちゃうんだから」

「そう？」

「それに、私、来年には結婚するんだから……」

嘘である。

「結婚……？」

「だから、死んだらダメだからね」

弥生の目からは拭っても、拭っても涙が流れている。

「お母さんが死んじゃったら、歴史が変わっちゃうでしょ？　お母さんが私を産んでくれなかったら、私の幸せ、なかったことになっちゃうんだよ？」

「え？　あの……」

ルールでは現実は変わらない。

弥生の認識を正そうと玲司が口を挟もうとするのを数が手で制して、流が、

「いいんだ」

と、ささやいた。

実際に、ルールでは現実は変わることはない。美由紀が死なずに、子供を産んで、その子が一人で生きていかなければならないことは変わらない。いじめられ、つらい思いをする現実を変えることはできない。生まれれば、そんな現実が待ち受けている。

だが、そんなことは今の美由紀にはわからない。美由紀にとって、そんな未来を知るすべはないのである。

「だから、生きて……」

（恨んでたのに、私を一人ぼっちにしたお母さんを、私は恨んでたはずなのに……今は、お母さんにも幸せになってもらいたいって思ってる）

だから、美由紀に死んでほしくないと思った。

「生きて、私のために……」

（私もがんばるから）

嘘偽りのない本当の気持ちだった。

「……ね？」

弥生は、とびっきりの笑顔で美由紀にほほえみかけた。自分の過去を、母親を、両親を恨んでいた瀬戸弥生はもういない。

美由紀は、小さくうなずいて、

「……わかった」

と、答えた。

すっと、美由紀の手が弥生の頬に伸びる。

「よく見せて、私の娘の顔を……」

弥生は、一歩、二歩と歩み寄って、美由紀の手の中に頬を埋《うず》めた。

美由紀は親指で弥生の涙を拭ってやった。

「わかったから……」

「うん」

「お母さん、がんばるから、もう泣かないで……」

「うん」

弥生の両手が美由紀の手を包む。

（私は、この温《ぬく》もりを一生忘れない）

泣かないと言ったのに、弥生の目から涙が止まることはなかった。

もう、二度と巡ってくることのない二人の時間である。

しかし、限りはある。

「コーヒー、冷めちゃうよ？」

いつの間にか、流に抱かれて眠そうに目をこする幸がそれを知らせた。

「あ……」

思い出したように、弥生が顔をあげる。

「これ、冷めないうちに飲まなきゃいけないんだよね？」

願わくば、嘘でも否定してほしい。

だが、数は静かに、

「はい、その通りです」

と、答えた。それは、今起きていることが、夢でも幻《まぼろし》でもないことを物語っている。

弥生は、唇を噛《か》みしめた。そして、ルールのことをよく理解していないであろう美由紀に、元の世界にちゃんと戻るためには、コーヒーが冷めきるまでに飲みほさなければならないことを説明した。美由紀も、その説明はユカリから受けている。名残を惜しむ気配はあったがすぐに納得した。

「ありがとね」

美由紀は、そう言ってコーヒーを一気に飲みほした。

「お母さん……」

「そういえば……」

美由紀の体が、ぼんやりとしはじめた。

「名前……」

「え?」

「聞いてなかった……」

「……弥生」

「ヤヨイ……?」

「うん」

美由紀の体が湯気へと変わる。

「弥生……素敵な名前……」

「お母さん！」

湯気はボワリと上昇して、

「弥生、ありがと……」

天井に吸い込まれるように消えてしまった。

湯気の下からは、黒服の老紳士が現れた。まるで、何事もなかったかのように……


静かな店内に、幸の寝息だけがスースーと響いた。


残っていた閉店作業を終え、玲司が帰る支度をして厨房から出て来た。

数もエプロンを取りながら、

「玲司くん、ありがと」

ねぎらいの言葉をかける。

「なにがですか？」

「ルールの説明ほとんど任せちゃって……」

「いいんですよ、ユカリさんがコーヒーを淹れてた時は、全部俺がやってましたから」

美由紀がいい例である。実際、ユカリが美由紀に説明したのは「見たい未来」と「コーヒーは冷める前に飲め」だけだった。雑といえば、雑ではある。

「ずいぶん迷惑かけたでしょ？」

流が申し訳なさそうに頭を下げた。

「ここで働きはじめた当初は正直困惑しましたけどね」

そう言って、玲司は苦笑いしてみせた。


この喫茶店に流たちが来る前は、ユカリとアルバイトの玲司の二人で店を回していた。二か月ほど前、ユカリが勝手にアメリカに行ってしまって、さすがに責任を感じた流が代理の店長としてやってきた。自由気ままで、雑な性格のユカリの代わりに謝ったのである。

「でも、正直、俺、ヒヤヒヤしてたんですよ」

「何で？」

流が首をひねる。

「さっきの彼女、弥生さんでしたっけ？……も、結構追い込まれてたじゃないですか？　なんか、過去に戻る前は自暴自棄《じぼうじき》っぽかったし？」

「ああ、そういえば……」

「過去に行ったっきり帰ってこない可能性だってあったのに、数さん、それで、よく行かせたなって……」

「なるほど、言われてみれば……」

と、流も今になってうなった。

「俺、ルール説明することは多かったんですけど、実際に過去に行く人ってほとんど見たことなかったから、もしかして、俺が知らないだけで『過去に戻りたいっていう人には反対しちゃいけない』とかいうルールでもあるのかなって思っちゃいましたよ」

「そんなルールは聞いたことないなぁ」

「だったら……」

二人のやりとりを聴きながら、数は常夜灯を残して店の電気を消した。

淡いセピア色の灯《あか》りが残った。

「写真……」

数が窓の外に浮かぶ漁火を見ながら言った。

「え？」

「写真がきれいだったから……」

「写真が？　え？　どういう意味っすか？」

「二十年近く前のものなのに、大事にしてたんだろうなって……」

流は数の言わんとしていることを理解したのか、

「なるほど」

と、小さくつぶやいた。

「え？　わかりません」

玲司は目を瞬《またた》かせて、首をふる。

「だって……」

数は、ゆっくり店の玄関口まで歩を進めて、

「本当に心から恨んでたんなら、とっくに破り捨ててもおかしくないでしょ？」

と言って、ドアを開け放った……


函館の夏の夜風は、ひんやりと涼しかった。

第二話

「幸せか？」と聞けなかった芸人の話

函館《はこだて》の夏は短い。

チラチラと葉が散りはじめたかと思うと、またたく間に函館山は燃え立つほどに紅《あか》く染まる。中でも大三坂《だいさんざか》は異国情緒にあふれる石畳の美しさと、街路樹のナナカマドのエキゾチックな紅い彩りで、観光地としても有名である。

喫茶ドナドナの青い空と函館港を望む大きな窓にも、秋はやってきた。

眼下に広がる紅葉は、店内の雰囲気すらロマンチックに変える。

そのせいであろうか、

（カップルが増えた）

と、カウンター席に座る松原菜々子《まつばらななこ》は思った。

この日は日曜日。

お客さんは、いつもの倍はいて大変にぎわっている。しかし、ほとんどは観光客なので、ここが過去に戻れる喫茶店であることを知っているのは何人いることか……。

そのカップルたちに紛れて、年齢四十代後半くらいのひょろりと背の高いハンチング帽にサングラス姿の男が一人、ここ三日ほど通い詰めている。朝はオープンから来て、閉店までいる。不審者だと思われてもおかしくない。

そんな怪しい男の向かいの席に、時田幸《ときたさち》がいた。手には例の『一〇〇の質問』の本を持つ。

普通に考えれば、見ず知らずの怪しげな男と幸が同じ席に座っていれば、カウンターの中で仕事をしている母親の時田数《ときたかず》はもちろん、菜々子の隣でランチ中の村岡沙紀《むらおかさき》も警戒するものである。

しかし、そんな警戒心は誰からも感じられなかった。

なぜなら三人とも、その男は、

（過去に戻るために来た客）

だと思っているからだ。

おそらくは様子見、ここが本当に過去に戻れる場所なのかを探りに来ているか、もしくはルールを知っていて、例の席に座る黒服の老紳士がトイレに立つのを待っているということも考えられる。得てして、そういった客は多い。現に、夏の終わりに亡くなった両親に会いにきた女も、一度昼間に様子を見にきて、その日の夜、再び姿を現した。

この男の場合、

（踏ん切りのつかない優柔不断な性格）

というのが、総合病院の精神科で働く医師の、沙紀の見立てである。

雰囲気からも悪い男には見えない。

それを一番見抜いているのは、男を相手に『一〇〇の質問』を楽しむ、幸なのかもしれない。

「第五十七問」

「はい」

幸とサングラスの男のやりとりを菜々子がカウンターから眺めながら、

「すっかり気に入っちゃったみたいですね？」

と、数に語りかける。

菜々子は『一〇〇の質問』のことを言ったのだろうが、幸の態度を見る限り、七歳の幸の質問にまじめに答えるサングラスの男も気に入られてしまったのだと、数は思った。

「あなたは今『不倫関係』にあるとします」

「不倫かぁ、これまたしょっぱい質問が来そうだな」

もちろん、幸は不倫がなんであるかを知るはずもない。本を通じて人とやりとりをするのが楽しいのである。

「あるとします」

「はい」

サングラスの男もまんざら楽しくないわけではなさそうだ。

幸の質問が続く。

もし、明日世界が終わるとしたら、あなたはどちらの行動をとりますか？

①夫、または妻と過ごす

②不倫関係にある彼、または彼女と過ごす

「さ、どっち？」

サングラスの男が「うーん」とうなって首をひねる。

「これ、②って答えたら人格疑われそうだなぁ」

男のサングラスが菜々子たちの方に向けられる。幸に疑われるよりも、幸の身内であろう菜々子たちに疑われることを気にしているのだろう。質問の内容によって、こんなやりとりがくりかえされてきた。

すかさず、

「②なんですか？」

と、いじわるげに菜々子。

「いやー、結婚もまだなんで不倫とかよくわからないんですけど……」

「その年で？」

鋭いツッコミを入れたのは、沙紀である。歯に衣着《きぬ》せぬ物言いはいつものことだが、さすが

に失礼だと思ったのだろう、菜々子が、

「先生っ……」

と、小声でたしなめた。

「縁《えん》がなくて……」

「いい人そうなのに」

「よく言われます」

悪びれることなく話を続ける沙紀も沙紀だが、サングラスの男ものらりくらりと当たり障《さわ》りのない言葉を返す。

そんなやりとりにしびれを切らしたのか、幸が、

「どっち？」

と、答えを急《せ》かした。

「あ、ごめん、ごめん……うんとね、じゃ、①」

「先生は？」

幸は男が①を選んだ理由に興味を示すことはない。すぐさま、沙紀に矛先を向けた。

「私は②」

「え？」

沙紀の返答に、目を丸くして反応したのは菜々子である。沙紀が②を選ぶとは思ってもいなかったのだろう。

「なに?」

「あ、いや、意外だなって……」

「なんで?」

「だって……」

菜々子は思ったことをそのまま口にすることができない。沙紀とは逆である。

「人格疑われてますよ」

菜々子が口ごもっていると、脇からサングラスの男がひょいと割り込んできた。

言いたいことはその通りだが、菜々子はあわてて、

「そんなんじゃないですけど……」

と、手をふった。

「なんでかって?」

菜々子の聞きたいことを沙紀が自分で言う。

「だって、そうじゃなきゃ不倫なんてしないでしょ?」

不倫自体はほめられたことではない。しかし、そのほめられたことではないことをわざわざ

しているのだから、明日世界が終わるなら、不倫相手を選ぶ、と言っている。もちろん、それが正解だというわけではない。あくまで沙紀個人の見解である。

しかし、言われた菜々子は、

「……あー、なるほど」

と、うなった。

「次、行きます」

「はい」

幸の元気な声が響き、サングラスの男がそれに応えた。

「第五十八問」

「はい」

「隠し子のいるあなたに質問します」

「これまたしょっぱい……」

男がこめかみをかく。

もし、明日世界が終わるとしたら、あなたはどちらの行動をとりますか？

①最後だから夫、または妻に本当のことを言って自分だけすっきりする

②最後まで隠しとおして偽善者で終わる

「さ、どっち？」

「うーん……」

男が腕組みをして首をひねって考え込む。毎回、こうなる。

質問の内容はどれをとっても簡単なものではない。

一問目の、一人だけ助かる部屋に入るか入らないか？　に始まり、借りていたものを返すか返さないか、結婚式をあげるかあげないかなど、多岐にわたる。なんでもないような質問だが、普通なら考えるのを先延ばしにしてしまいがちな内容が多い。直面する問題を「明日世界が終わるとしたら……」という条件で選択しなければならない。

しかも、答えはどれも二択である。

する、か？

しない、か？

イングランドの劇作家ウイリアム・シェイクスピアの「ハムレット」という作品にこんな有名なせりふがある。

生きるべきか、死ぬべきか、それが問題だ……

これは、叔父に父を殺されたハムレットが復讐《ふくしゅう》を「するか、しないか」で苦悩するシーンで語られるせりふである。叔父は自分の欲のために実の兄を毒殺し、国王の座を奪い、兄の妻、ハムレットの母を妃《きさき》とする。叔父はこの物語の中ではまぎれもない絶対悪である。その事実を知ったハムレットが、一切迷うことなく、すぐにでも復讐を果たしていれば誰も不幸にはならなかった。しかし、ハムレットは迷う。亡霊の言葉を信じていいのか、悪いのか？　めんどくさい争いに身を投じるのか、それとも素知《そし》らぬふりで安穏《あんのん》と生きるのか？

つまり、この話の肝は優柔不断なハムレットの性格にある。

迷っているうちに、最愛のオフィーリアを失い、関係ない人物を死なせ、かつての友に命を狙われて、母も毒殺、挙げ句の果てに自分も叔父も死んで、国すら乗っ取られる。

この劇作はまともに上演すれば四時間を超える超大作となる。しかし、その根源を紐解《ひもと》けば、一人の人間の「する、しない」の迷いの物語と言える。

もちろん、ここにいる菜々子や沙紀、サングラスの男が、この『一〇〇の質問』が、読み手に人生の大きな岐路を問いかけているということに気づくことはない。単純に仮想された世界の終わりを前にした、究極の選択を楽しんでいるだけである。

ハムレットのようにどちらも選択できないサングラスの男に、幸が、

「優柔不断は身の破滅のもとだよ」

と、たしなめた。

シェイクスピア全作品を読破している幸だけは、この『一〇〇の質問』がただの娯楽本《ごらくぼん》ではないことに気づいているかもしれない……

カランコロロン

カウベルが鳴る。

「戻りました」

入って来たのは客ではなく、小野玲司《おのれいじ》である。旅行用のキャリーケースをガラガラと引きずっている。背にはリュック、お土産の入った紙袋を手に持っている。

「玲司お兄ちゃん、おかえり」

「ただいま」

玲司は幸に挨拶すると、そのまま厨房《ちゆうぼう》の中へと消えた。

「東京から戻ってきたばっかりだろ？　休んでもよかったのに……」

「大丈夫です。今日、日曜だし、これからもっと混みますよ」

これは厨房での流《ながれ》と玲司の会話。

流は来函《らいかん》して二か月なので、この喫茶店の秋の行楽シーズンの混み具合を知らない。東京のフニクリフニクラは、街はずれの路地にある地下の喫茶店だったので、季節や行楽シーズンに関係なく常に暇だった。客といえば、ほぼ常連客だけで、席数も少なく九席しかない。そのうち、一席は過去に戻れる席なのだから実質八席。

だが、ここは函館。観光地の真っ只中《まただなか》。席数もテラス席を入れると十八席。行楽シーズンともなると満席になることもある。一人でも人手は多いに越したことはない。

玲司はエプロンをつけて、トレイにパフェを二つ載せて戻って来た。

「お土産は？」

聞いたのは菜々子である。

「まぁ、待てって……」

玲司はそう言って、颯爽《さっそう》とテラス席にパフェを提供しに行った。

テラス席も昼間であれば、まだこの季節でも寒いというほどではない。この日は特に風もなく、紅葉を眺めながら過ごすひとときは格別である。

パフェを提供した後、函館の見どころでも聞かれたのか、玲司はしばらくカップルと談笑して戻ってきた。

「オーディションはどうだったの？」

「今回のネタはかなりいい線いったと思う」

菜々子が聞くと、玲司は胸を張って答えた。

玲司はお笑い芸人を目指していて、時々、デビューを夢見て東京にオーディションを受けに行っている。だが、これまで一度として受かったためしはない。

そんな成り行きをよく知る沙紀が、

「まだ、芸人になるためにわざわざ無駄なお金使って東京までオーディション受けに行ってんの？」

と、ため息まじりにつぶやいた。

「無駄なお金じゃないです！　投資！　未来への投資です！」

「もうあきらめたら？　玲司くん、才能ないよ？」

ここでも、歯に衣着せぬ物言いは健在である。むしろ、つきあいが長い分だけ厳しい。

だが、玲司も負けてはいない。

「そんなことないです！」

「だって、ね?」

結果が伴ってない、と。

沙紀の発言に乗じて、菜々子も、

「才能はない」

と、言い切った。

「おい!」

(お前まで一緒になってハッキリ言うな!)と玲司がツッコミを入れる。

しかし、菜々子の言葉には続きがあった。

「でも、それでもあきらめないのは才能だよ」

「嬉《うれ》しくなーい」

菜々子は励ましたつもりなのだろうが、励ましになっていなかった。

しかし、こんな会話もいつものことである。沙紀は本気で玲司に芸人をあきらめさせるつもりかもしれないが、玲司は沙紀の発言を冗談だと思っている節がある。夢見る若者には、暖簾《のれん》に腕押しなのかもしれない。

その玲司が、幸の持っている例の本に気づく。

「お、今、何問目?」

「五十八」

「隠し子がいるやつだ？」

玲司が番号だけで内容を言い当てる。

沙紀が目を丸くして、

「覚えてんの？」

と、頓狂な声をあげた。

「こんなの一度読めば覚えられますよ？」

「芸人以外に、その才能を生かせる仕事があると思うんだけど……」

「もういいです！」

玲司はそう言って話を終わらせたが、菜々子は（そうなんですよね）と沙紀の意見に一票投じていた。

そんな大人のやりとりも、幸には関係ない。

「どっち？」

と、玲司に答えを迫った。

「うーん、そうだな……」

玲司は自分でやった時に一度答えは出していただろうが、幸を前に、ここはあえて悩んでみせた。こんなやりとりを幸が楽しんでいることを知っているからである。

ふと、玲司の目が向かいに座るサングラスの男を捉えた。同時に、男は挙動不審に両手で顔を隠した。

「林田《はやしだ》さん?」

玲司がつぶやいた。

「あ、えっと……」

「お笑いコンビ、ポロンドロンの林田さんじゃないですか?」

「いえ、通りすがりのアメリカ屋です」

応じて、男は「あっ」と声を漏らした。

男の名は林田コータ。ここ数年、人気急上昇中のお笑い芸人である。玲司の質問に思わず答えてしまったのは、彼らのネタの中に、まったく同じくだりから始まるものがあるからだ。

「その微妙に意味のわからないボケ! 間違いない! ポロンドロンの……」

玲司はここまで言って、声をひそめた。まわりにはたくさんの一般客がいる。

「……林田コータさんだよ」

玲司は、菜々子と沙紀ににじり寄って小声で耳打ちした。

だが、どうやら玲司の興奮は二人には理解されていなかった。菜々子に関しては、あからさまに首を傾《かし》げている。なぜ、いきなり「アメリカ屋」という単語が出てきたのかがわからないのだろう。

そんな菜々子の疑問を察してか、玲司は、

「『米』ね、『米』って書いて『アメリカ』って読む時もあるだろ？　だから、通りすがりの『米屋』ですってのを『アメリカ屋』って言ってボケたわけ」

と、説明した。説明しなければ伝わらないボケが売りの芸風なのである。

「なるほど」

「確かに、言われてみれば……」

菜々子と沙紀がやっと納得の表情になる。

「どっかで見たことあるなぁ、とは思ってたんだけど……」

納得しても、興味があるかといえば、そうでもなさそうだった。もし、それが相方の轟木《とどろき》だった場合は別かもしれない。同じコンビなのに世間的に人気があるのは轟木の方だからだ。

だが、玲司にとって轟木も林田も憧れの芸人には違いがなかった。興奮冷めやらぬ様子で浮き立っている。

「芸人グランプリ、優勝おめでとうございます！　俺、知ってますよ、五年前に轟木さんが芸人グランプリで優勝するって宣言してるんですよね。ホント、すごいです。あ、あの、サイン、サインしてもらってもいいですか？」

「あ、えっと……」

「あ、すみません！　興奮してしまって！　プライベートですもんね？　すみません、俺も、その、芸人を目指してるので、なんか、すごい、テンション上がっちゃって……」

目を爛々《らんらん》と輝かせている玲司と、菜々子、沙紀との温度差は激しい。これが、今をときめくイケメンアイドルとかなら逆だったのかもしれないが……。

すると、菜々子が「でも」と、何かを思い出したかのようにつぶやき、

「ポロンドロンって、グランプリ優勝後、先月あたりから轟木さんが行方不明なんじゃなかったっけ？」

と、首をひねった。

瞬間、玲司も、

「あ……」

と、声を漏らした。

「はい」

ポロンドロンの林田だと認めることも含めて、男は蚊の鳴くような声でつぶやいた。

サングラスで隠れてそのショックのほどはうかがい知れないが、さっきまでの陽気さは微塵《みじん》

も感じられなくなってしまった。玲司は玲司で、配慮に欠けた自分の行動を恥じて、小さくなっている。

ポロンドロン轟木の失踪が報じられたのは半月ほど前のことだった。しかし、ニュースで扱われたのはその後三日ほどで、あとは新たなニュースの話題にかき消されてしまった。マスコミは金銭トラブルの可能性を第一に取り上げ、芸人グランプリの優勝賞金一千万円を持って雲隠れしたのではないか、と騒いだりもした。

ただ、その真相については誰にもわからなかった。

「ここに来られたのには、なにか訳があるのではないですか？」

声をかけたのは数である。

この三日間、林田が何の目的もなくこの喫茶店に来ていたとは思えない。目的はきっと過去に戻るためだろう。その理由が相方の失踪と関係していることは容易に想像できた。

林田は観念したようにため息をつき、サングラスをとった。

「私は、あいつがここに来るかもしれないと思って待ってたんです」

「その、失踪なさった方をですか？」

「はい」

林田は数の問いかけに、視線を落としたまま答えた。

「なぜ？」

これは沙紀の質問である。

どうして失踪した相方、轟木がここに来るかもしれないと思ったのか、と……

「世津子《せつこ》に会うために」

「それは、誰ですか？」

沙紀が続ける。

「五年前に亡くなった、あいつの奥さんです」

つまり林田は、失踪した轟木が五年前に亡くなった世津子という奥さんに会いに来るのを、ここで待っていたということになる。

だが、しかし、そうだとしたら、

（轟木もこの喫茶店の噂《うわさ》を知っているのか？）

（知っていたとして、なぜ、林田は轟木がここに来ると思ったのか？）

（そもそも、轟木の失踪と五年前に亡くなった奥さんは関係があるのか？）

（そして、なぜ、林田は轟木を待っているのか？）

という疑問が残る。

これは、その場にいる沙紀や玲司が漠然と感じた疑問である。

林田はその疑問の答えをぽつりぽつりと語り出した。

「私と轟木、そして世津子は、この街で育った小学校からの幼馴染《おさななじみ》でした」

つまりは、地元の人間である。であれば、ここが過去に戻れる喫茶店であることを、そして、ルールについてくわしく知っていてもおかしくない。もしかしたら、今は渡米していて不在だが、この喫茶店の店主である時田《ときた》ユカリとも顔見知りである可能性だってある。

話は続く。

「小さい頃から世津子はお笑い好きで、我々に東京に出て芸人を目指せと言って背中を押してくれたのも世津子でした」

幸は林田の語りにただじっと耳を傾けていた。まるで、本を読んでいるときのようにピクリとも動かない。

「なんのツテもありませんでしたから、本当に、本当に生活は大変でした。最初は三人で小さなアパートを借りて、私と轟木はネタを作ってはオーディションを受け、落ちては小さなコントライブに出てわずかなギャラを、ギャラとも言えない日銭を稼ぐ日々……」

林田の話の途中で、「あの……」と、冬用の暖炉近くの客が手を上げたので、玲司が名残惜しそうにその場を離れた。

林田は玲司を目で追ってはいたが、話はそのまま続けた。

「世津子は、そんな私たちを支えるために昼は家庭教師をしながら、夜は銀座でホステスとして働いて、われわれの生活を支えてくれたんです。すべては、私たちが、いや、轟木が芸人として生きていけるように、と……」

献身的な世津子の像が浮かんできた。そして、それは、決して強制されたものではなく、おそらくは世津子が望んでやっていたことに違いない。林田の言葉を借りれば、轟木のために。

「だから、轟木にとって芸人としての成功は、世津子とあいつの夢だったんです」

もちろん、林田の夢でもあったに違いない。

「五年前、私たちはポロンドロンとして、ようやく深夜番組のレギュラーを勝ち取り、轟木は世津子に結婚を申し込みました。レギュラーを勝ち取ったと言っても、まだまだ貧乏で、結婚式もあげられなかったのに、世津子のあの時の幸せそうな顔は今でも忘れられません。なのに……」

林田はここで言葉を詰まらせた。

言わなくてもわかっている。

世津子の死である。

「世津子は、信じられないほどあっけなく……」

菜々子が目を伏せた。

「次は芸人グランプリ優勝……。それが世津子の最後の言葉になりました」

静かに、仕事をすませた玲司が場に戻ってきた。途中、離れていても、ずっと気にかけていたのだろう、内容をすべて把握しているわけではなさそうだが、神妙な面持ちで聞いている。

「なるほど……」

沙紀はすべてを理解して、短くつぶやいた。

愛する妻の残した遺言《ゆいごん》。それが芸人グランプリの優勝だとすると、それを二か月前に達成してしまった轟木を支えていたものが無くなってしまったのだ。妻を失った悲しみが深ければ深いほど、そして、妻の願いを叶《かな》えようという思いが強ければ強いほど、その喪失感は大きいに違いない。

それは、話を聞いていた誰もが想像できた。

「燃え尽き症候群とでも言うのでしょうか……、芸人グランプリを制するまでのあいつは鬼気《きき》迫《せま》るものがあったのですが、世津子の残した夢を実現させてしまったあと、本当に廃人のようになってしまって、毎日、浴びるように酒を飲むようになりました」

燃え尽き症候群とは、うつ病の一種とも考えられているが、うつ病はストレスや過労、事故や喪失などの大きなショックから始まる。それに対し、燃え尽き症候群は本来、仕事などに献身的に努力してきた人が、自分の期待した結果を得られなかった時に、自分がやってきたことは無駄だったのではないかと疑いはじめるところから発症する。

ただし、日本では、大きな大会を終えたスポーツ選手の心理状態について使われることも多い。人生最大の目標を達成し、次に打ち込むべきものを見つけられずに虚脱感《きょだつかん》に襲われる状態になる。

轟木については、おそらく後者ではないかと林田は考えていた。芸人グランプリが轟木の人生の目標であり、すべてだったことは、相方である林田が一番よく知るところである。轟木の失踪は燃え尽き症候群によるもので、グランプリでの優勝が引き金になったのではないか、と。

だが、そんな轟木を見ても、林田はおそらくは何もできなかったのだろう、この時ばかりは、悲しいというより、くやしいというふうに顔をゆがめていた。

「でも、なぜ、今、轟木さんがここに来るかもしれないと思ったんですか?」

「確かに」

菜々子の質問に、沙紀が相槌《あいづち》を打った。

林田は、そんな質問も予想していたのだろう、すぐにセカンドバッグから一枚の絵ハガキを取り出し、菜々子へ向かって差し出した。

「四日前に届いたものです」

手渡された絵ハガキにはアメリカの広大なモニュメントバレーをバックに一人立つ女性が写っている。菜々子は「あ」と声をもらして、

「……これって、もしかして」

と、言いながら玲司たちに絵ハガキをかざして見せた。

「ゆ、ユカリさん？」

玲司の声は、一瞬、店の客の視線を集めてしまうほど大きかった。

「す、すみません」

「バカ……」

縮《ちぢ》こまる玲司の肩口を菜々子がパシリと叩《たた》いた。

「ホントだ、いい笑顔。楽しそうね？」

これは沙紀。なんとも呑気《のんき》な感想である。

行方不明になった父を探す少年と一緒に渡米してしまったユカリではあったが、カメラに向かって笑顔でピースサインをする姿は、その旅を満喫しているかのように見える。

写真を見る限り元気にやっているようだが、

(こんなに呑気《のんき》にピースサインしてるユカリさんの写真、流《ながれ》さんには見せられないな……)

と、思ったのは玲司だけではなかった。

しかし、林田が見せたかったのはユカリの所在ではなく、そこに記された、

芸人グランプリ、一番、優勝、一等賞！　おめでとう！　世津子ちゃんも喜んでるわね。

という言葉だった。

グランプリ優勝からは二か月近くが経《た》ってしまったが、どこかでそのしらせを知って送ってきたのだろう、林田の下《もと》に届いたのは四日前だという。世津子を「ちゃん」付けしているところから、ユカリと三人は非常に仲が良かったのだろう。

林田は、しばらく目を伏せて黙っていたが、ふいに、

「そのハガキを見て、思い出したんです、この喫茶店のこと……」

と、説明した。

林田の自宅に絵ハガキを送ってくるぐらいだから、三人がユカリとこれまで交流がなかったわけではない。この場合、思い出したのは「過去に戻る」ということを意味している。

「きっと、あいつの下にも届いているはずなんです、だから……」

「轟木さんもこの喫茶店のことを思い出して、その、亡くなった奥さんに会いにくるのではないか？　と？」

数が聞くのに、林田は明確に、

「はい」

と、答えた。

おそらくは、

（間違いなく来る）

と、思っている。

カランコロロン

「いらっしゃいませ」

すぐさまカウベルに反応したのは玲司だった。無意識と言ってもいい。

数はただ黙って入口に目を向けただけだったが、入って来た人物を認めると、

「……麗子《れいこ》さん」

と、つぶやいた。

布川《ぬのかわ》麗子は時々この喫茶店にやってくる客の一人である。麗子の妹が去年まで観光シーズンの繁忙期だけこの喫茶店でアルバイトをしていたのだ。色白でどこか儚《はかな》げな雰囲気の麗子は、店の入口で店内をゆっくりと見回しているだけで、席につこうとはしなかった。

「麗子さん？」

そうやって、麗子の様子をうかがうように声をかけたのは玲司である。もちろん、玲司も麗子のことはよく知っている。

麗子は、今、声をかけてきた玲司にはなんの反応も見せず、

「雪華《ゆきか》は？」

と、消え入りそうな声でささやいた。

誰に問いかけたのかはわからない。視点の定まらない目は、ぼんやりと窓の紅葉を見ているようにも見える。

「え？」

菜々子が驚いて玲司を見返った。

玲司は困り顔で、数歩、麗子に歩みより、

「え……っと……」

と、言葉を詰まらせて、こめかみをかいた。

するとふいに、

「今日は、まだ、来られてませんよ」

と、数が答えた。

麗子の視線が数をとらえた。

長いようで、短い沈黙ののち……

「また来るわ」

そう言って、麗子はゆらりと踵《きびす》を返し、店を後にした。


カラン……コロロン……


つかの間の出来事ではあったが、玲司も菜々子も何が起きたのかわからないというような表情で顔を見合わせている。

沙紀だけがそそくさと立ち上がり、カウンターの上にランチ代七五〇円を置くと、

「ありがと」

という言葉を残して、麗子のあとを追うようにして店を去った。

カランコロロン
数は何事もなかったかのように、立ち去る沙紀の背に向かって「いいえ」と答えただけである。

「数さん、雪華さんて確か、二か月前に……」

菜々子が怪訝《けげん》な表情でささやいた。最後は何を言ったのか聞きとれない。

「ええ」

「じゃ、なんで『今日は、まだ』なんて嘘《うそ》を？」

数の返答に、噛みついてきたのは玲司である。

おそらくは、数と沙紀の態度になんらかの疑問を感じているのだろう。

「今は……」

数は玲司の質問には答えず、そう言って林田を見た。話の途中である。

「あ、すみません」

玲司は申し訳なさそうに林田に頭を下げた。

「いえいえ、気にしないでください」

林田には、もう、話すべきことは何もなかった。サングラスをかけ、朝から晩までここに居座っていた不審な男であることに、一番ストレスを感じていたのは林田自身だった。いつ通報されるかと、肝を冷やしていたかもしれない。すべて話して、気持ちも楽になった。

だから、

「今日は失礼します」

そう言って、立ち上がった。

昼も近い。店内がこれから混んでくるのを気づかったのだろう。

「もし、轟木がここに現れたら、あの人が席を立つ前に連絡いただけますか？」

会計をすませた林田は、こう言って、自分の名刺を残して去った。

見送りに出た幸が、寂しそうに林田の姿が見えなくなるまで小さく手を振っていた。


林田が去ったあと、店内は一気に忙しくなった。だが、菜々子もいてレジ打ちなどを手伝ったこともあり、ホールはそれほど大変ではなかった。厨房で一人奮闘する流に、幸がずっと「がんばれ、がんばれ」と声をかけていた。

観光地のランチの時間は長くない。せいぜい、一時間半程度である。それが終わった今は、ゆっくりと窓の外を眺めながらお茶する数組のカップルがいるだけである。

玲司と菜々子が、カウンターで一息ついていると、ふいに数が、

「先生の話だと……」

と、語りかけてきた。先生というのは精神科医である沙紀のことに違いない。

それが、ランチタイムの途中で中断していた麗子の話であることは、二人にもすぐわかった。

数は、麗子が妹の所在を尋ねたのに対して、今日はまだ来ていないと答えた。しかし、麗子の妹、雪華は二か月前に亡くなっている。そのことはバイト仲間の玲司も、そして菜々子も知らないわけがない。二人は、数がなぜそんな嘘をついたのか、その理由が気になっていた。

数は、仕事の手を止めて、

「麗子さんは、まだ雪華さんの死を受け入れられてないそうです」

と、説明した。

つまり麗子は、亡くなった妹を探してさまよっているということになる。

「そうだったんですか」

玲司が、悲しそうにつぶやいた。

菜々子は口元に手を当てて言葉を失っている。

「だからできるだけ、麗子さんの話に合わせるように、先生から頼まれていたんです」

数は、それだけ言うと、再び手を動かしはじめた。

夕暮れ時。

店内の、目に映るものすべてがオレンジ色に染まる。この喫茶店が忙しいのはランチだけで、この時間は暇になる。

「……え？」

一息ついていた流が頓狂な声をあげた。

その原因は玲司の一言である。

「奥さんですよ。もう一度会いたいとか思わなかったんですか？」

なんでこんな話になったのか、流にはわからない。

「それ、前に菜々子ちゃんからも聞かれたけど……」

「そうなんですか？」

「そんなに気になる話かな？」

「だって、東京のお店にいれば、十四年ぶりに奥さんに会えたはずなのに……」

夏の終わりの話である。

流の妻、計《けい》は出産後は長く生きられないと医師に宣告され、自分の娘に会うために過去からやってきた。ちょうど、そのタイミングでユカリが突然渡米してしまい、店長代理として流が来函したのである。タイミングが悪いといえば悪いが、十四年ぶりに会えるのなら、その日だけでも東京に戻ればよかったのではないかと、玲司は言いたいのだ。

しかし、流は、

「あいつは俺じゃなくて、ミキに、娘に会いに来たわけだし……」

と、平然と答えた。

すねているのではない。言葉の通りだと思っている。そこになんの裏もない。流はそういう男である。

「でも……」

玲司はそれでも納得できないらしい。

「なに？」

「十四年ぶりに会えるんですよ？」

「ま、確かに……」

「会いたいとか思わないんですか？」

「うーん、だから、あいつは俺じゃなく、ミキに会いに来たわけだし……」

話がもとに戻った。

流は本気でそう思っている。だから、それしか答えようがない。十四年ぶりだから会いたいはず、と迫る玲司の考えが理解できないのだ。

「じゃ、流さんが過去に戻って会いたい人はいますか？」

玲司は話題の方向性を変えてみた。

「俺？」

「はい」

流は腕組みをして、細い目をさらに細くして考え込んだ。

しばらくうなって、

「……うーん、いないな」

と、つぶやいた。

「それはなぜ？」

「なぜ？」

むしろ、

（なぜ、こんなこと聞きたいんだろ？）

と、首をひねった。だが、それはそれ。玲司の意図はわからなくともまじめに答えようとしている。

「うーん」

声に出してうなる流。

「じゃ、過去に戻れるのに、奥さんに会いたいと思ったことはないんですか?」

「あ、そういうこと?」

「はい」

「うーん、それは、考えたこともないなぁ」

「そうですか……」

どうやら、玲司の欲しかった答えではなかったようだ。

「どうしたの?」

今度は玲司が難しい顔をして首をひねった。

「昼間の話を聞いてて、林田さんはなんで轟木さんがここに来るかもしれないって思ったんだろうって……」

「どういうこと?」

その場にはいなかったが、昼間の出来事は流もあとから聞かされている。

それでも、流には玲司の言いたいことがわからない。細い目をしばたたかせた。

「轟木さんが亡くなった奥さんに会いたいというのは、普通のことですよね?」

「ま、確かに」

「それなのに、なぜ、林田さんはそんな轟木さんをここで待ってるんでしょうか?」

「ん?」

ますます、わからない。

「でも、それは行方不明になった轟木さんを見つけるためじゃないの……?」

それでも、流は自分が思っていることを口にしてみた。

「そうでしょうか?」

「え?」

「それなら轟木さんの自宅の前で待ってればいいんじゃないですか?」

「どうして? 行方不明なんだろ?」

「じゃ、なんで、林田さんは轟木さんも絵ハガキを見てると思ったんでしょうか?」

「あ……」

玲司の考察が続く。少しだけ、探偵気取りの自分に酔っているかもしれない。

「報道されている行方不明は、たぶん、轟木さんが仕事をすべて放り投げてしまったことを意味しているんです。あれだけの有名人が簡単に行方不明にはなれないでしょ? 警察も動けば、簡単に見つかるはずです。だとすると、不可解なんです」

「なにが?」

もうすでに、流はシャーロック・ホームズのワトスンよろしく、完全に玲司の推理の聞き手になっている。

「林田さんの行動です」

「林田さんの？」

「よく考えてください。轟木さんを見つけるだけなら自宅前で待てばいいのに、なぜ、わざわざ、函館のこの喫茶店で待つ必要があるのでしょうか？」

「……それは、轟木さんが過去に戻って奥さんに会おうとしているからじゃないのか？」

「それだけの理由で、ここで三日間も張り込みのようなことをするでしょうか？」

「……え？　まさか」

「そうです」

玲司の目がキラッと輝いた。

「林田さんには、轟木さんを過去に行かせたくない理由がある」

「過去に行かせたくない理由？　それは？」

「……それは」

流は細い目を極限まで見開いて、玲司の次の言葉を待った。

「……わかりません」

「なんだよ！」

流は、まさにコントのようにガクッと膝から崩れ落ちた。

「すみません」

「ったく」

玲司は頭をかきながら、

「じゃ、もし、数さんが、流さんが過去に戻ろうとするのを止めるとしたら、どんな理由があると思います？」

「数が、俺を止める理由？」

「ま、あくまで、参考までに、です」

「それは、ないんじゃないかな？」

「ない？」

「ないだろね。あいつは過去に戻りたいって来た客を止めたことないし、まして俺を止める理由なんて思いつかないよ」

「そうですか……」

玲司は残念そうに肩を落としたが、その表情には、まだ、なにかを言い残しているような雰囲気があった。それは、流にすら読み取れるほどである。

「なに？」

流が玲司の顔を覗《のぞ》き込む。

「いや、これは、本当に、俺の勝手な……、なんていうか、下世話な推測でしかないのですが……」

下世話という言葉が出た。

「え？」

「もしかして、轟木さん、林田さん、そして、世津子さんは三角関係だったんじゃないか、と……」

「ま、まさか……」

流は息を呑んだ。

「ないと言い切れますか？」

玲司の言葉に妙な凄《すご》みがある。特に流はこういった男女の闇というか、粘着力のある話が苦手である。額から汗をにじませることしかできないでいた。

玲司が話を続ける。

「もしかして、林田さんは、轟木さんに勝手に世津子さんに会われては困る秘密があったんじゃないでしょうか？」

「ひ、秘密？」

「はい」

「……そ、それは？」

「それは……」

カランコロロン

「いらっしゃ……」

（あ……）

カウベルを響かせて入ってきた客を見て、玲司は息を呑んだ。その人物が、今しがたまで噂していたポロンドロンの轟木本人だったからである。

「……いませ」

かろうじて動揺を隠し、営業スマイルで轟木を迎え入れた。

轟木は灰色のブランド物のスーツを着ていた。ひょろりと背の高い林田に比べると、横に広く、恰幅《かっぷく》がいい。髪もテレビで見るときと変わらず、きっちりとセットされている。

（もっと、憔悴《しょうすい》しきっているのかと思ったけど……）

玲司は林田の話から、髪は乱れ、ボロボロの格好で、下手すると片手に一升瓶でも抱えて常に酒を浴びるように飲んでいる轟木を想像していた。

玲司が席に案内しようとすると、轟木はそれを手で制し、勝手にカウンター席まで移動して腰を下ろすと、

「クリームソーダ」

と、目の前に立っている流に言い放った。

（クリームソーダ？）

これまた、玲司の想像とは異なっていた。

「かしこまりました」

そう言って、頭を下げて、流は厨房に消えた。

消えぎわに、チラと玲司に目配せをしたが、その目が、

（なんか、意外と普通だな……）

と、訴えていた。


ゆっくりと夕闇が迫っている。

陽《ひ》はまだ完全に沈みきったわけではなかったが、空はすでに紺色に染まりはじめている。

紅葉の赤と紺色の空。

物悲しく、美しい……

店内は暗くなりはじめたが、それはそれで趣がある。

ポツリ、ポツリと客が会計をすませて去っていく。

その間、轟木はただ黙ってクリームソーダをすすりながら、窓の外をじっと見つめていた。

そんな轟木が、ふと、

「ユカリさんは？」

と、玲司に話しかけてきた。

「え？」

前触れもなく、あまりに突然でうまく聞き取れなかった。

「ユカリさん、店長の……」

玲司は、厨房から様子をうかがっている流と顔を見合わせる。

「休み？」

事情を知らない轟木は、ユカリが出てくるのを待っていたのかもしれない。

玲司が一歩、轟木の前に出た。

「ユカリさんは、今、アメリカです」

「アメリカ？　なんで？」

轟木は目をくりくりさせた。おそらく、驚いた時の感情表現なのだろう。

玲司は、流に目配せをしながら、

「実は、ここの噂を聞いてアメリカからやって来た少年の行方不明になった父親を探しに行くとか言いだしちゃって……」

その少年は、過去に戻って行方不明の父親に会おうと思ったのだろうが、残念ながら、少年の父親はこの喫茶店を訪れたことはなく、会うことができなかった。希望をなくして意気消沈する少年を見て、ユカリは放っておけなかったのだという。

その場に居合わせた玲司は、ことのなりゆきを事細かに轟木に説明した。

「それで、アメリカに？」

「はい」

「ははは、さすが、ユカリさんだ」

轟木の笑い声は店内に響き渡った。

失踪とか、行方不明という言葉のイメージからは想像できない、豪快な笑い声だった。

「こんなハガキが来たから、会いにきたのに……」

林田の持っていたハガキと同じものが出てきた。ちゃんとアメリカの広大なモニュメントバレーをバックにユカリも写っている。

「これ、旅行じゃなかったのかよ？　困った人見つけると、ほっとけないんだよな、あの人……」

轟木は苦笑いを見せた。しかし、嫌味がない。なんともいい笑顔である。

「ですね」

玲司もそう思っている。

「いつ帰ってくんの？」

「わかりません、連絡も時々電報がくる程度なので……」

「電報？　今時、電報か……」

「はい」

「そっか、じゃ、過去には戻れねぇってことか……」

轟木は、最後の言葉だけ残念そうにポツリとつぶやいた。

（やはり）

と、玲司は思った。轟木は過去に戻るためにやって来た。ただ、その真意はわからない。

轟木は、ハガキをカウンターの上に残したまま、伝票を取り上げ、席から立ち上がる。

ボ……オーン

午後五時半を告げる鐘が響く。

轟木は、一瞬、鳴った柱時計に視線を走らせたが、そのまま黙ってレジに向かった。

「過去には戻れますよ」

轟木の背に向かって声をかけたのは流である。

ライトアップされた紅葉を背に、振り向く轟木の目には大きな黒い影に見えたに違いない。

「戻れる、と言ったのか？」

神妙な表情で轟木が聞き返した。

「戻れます」

「ユカリさんの他に時田家の人間がいるってことか？」

「くわしいですね」

「この喫茶店には、子供の頃から世話になってるからな」

「そうですか」

代わりに誰がコーヒーを淹《い》れるのか、などは聞かない。轟木にとっては過去に戻れるなら誰でもいいのである。

「今日は、まだ、トイレには行ってねーよな？」

そう言って、例の席に座る黒服の老紳士を見た。

老紳士は変わらず小説を読みふけっている。

「ええ」

「わかった」

轟木は、ゆっくりとカウンター席へと戻り、再びクリームソーダを注文した。

数人の客が轟木に気づいて話しかけてきたり、サインを求めたりしてきたが、轟木は嫌がることもなく、得意のツッコミを交えたりして和気藹々《わきあいあい》としていた。

（本当に失踪中なのか？）

と、玲司が思ったほどである。

そうこうするうちに、一人、また一人と客が去り、陽が完全に沈みきったあとの店内には轟木だけになり、玲司が店内の照明を夜間営業用へと変えた。

「ほう」

轟木が感嘆の声をあげる。

外はライトアップされ、高い天井からぶら下がったシェードランプがポツリポツリと淡い光を浮かべる。夏は海に浮かぶ漁火《いさりび》を眺めることができ、秋の行楽シーズンには燃え立つような紅葉のライトアップで幻想的な空間が広がる。この喫茶店は季節ごとに違う顔を持っていた。この演出はここ数年で始めたものであり、轟木にとっては初めての光景である。


「亡くなった奥様に、会いに行かれるんですか？」

玲司は轟木が一人になるのを待ってこの話題を口にした。

少しばかり轟木の表情に戸惑いの色を見た。しかし、すぐに消え、轟木は静かに、

「なんで、それを？」

と、聞き返した。

「昼間、林田さんが来られてて……」

説明はそれだけで十分だった。

「なるほど」

轟木はすべてを理解したかのように、玲司の説明をさえぎった。

そして、しばし、沈黙となった。

数分、うつむいて黙り込んでいた轟木が、顔もあげずに、

「なんか言ってたか？　あいつ……」

と、玲司に聞いた。

「もしかしたら、轟木さんが奥様に会いにここに来るんじゃないかと……」

「……他には？」

「いえ、特に、なにも」

「そっか」

「はい」

そして、また、しばしの沈黙が流れた。

その間、轟木は玲司や流とは目を合わせず、ぼんやりと窓の外を眺めていた。

ふいに、

「ずっと目標だったからね」

と、つぶやいた。

他に客がいたら聞こえなかったかもしれない。それほど、小さな声だった。

「芸人グランプリ、ですか？」

「ああ」

答えて、轟木は左手薬指の指輪を愛《いと》おしそうになでた。

「俺たちというより、妻の……世津子の夢だった……」

ほんの少しくすんでいて、飾り気のない指輪である。

「せっかくだからね、妻の喜ぶ顔が見たくてね。いてもたってもいられなかった。世間では失踪だの行方不明だのと騒がれているけど、そうでもしなきゃ仕事が忙しくて、ここに来ることなんてできなかったから……」

そう言って、轟木は誰にというわけでもなく、はにかんだ。

聞いていて、玲司はさっきまで自分が考えていた下世話な憶測を思い出して、浅はかな自分を恥じた。

（なにが、三角関係だ……）

流の顔もまともに見られない。

玲司は、消え入りそうな声で、

「そうだったんですか……すみません……」

と、言って、誰にというわけでもないが頭を下げた。

轟木には、なぜ、玲司が謝っているのかはわからなかっただろうが、特に気に留めた様子もない。ただ、小さくうなずいただけである。

それから、胸ポケットから、キラキラと金色に輝くメダルを出した。

芸人グランプリ優勝者に贈られるメダルである。

「妻に報告したら、仕事にも復帰するつもりさ、だから……」

過去に戻らせてほしい、と言っている。

「……わかりました」

玲司が決められることではないのだが、過去に戻してあげたいという思いが言葉となって、口をついた。もちろん、そばで聞いていた流も気持ちは玲司と同じで、異論を唱えることはなかった。

ただ、

（じゃ、なぜ、林田さんはわざわざ轟木さんが来るのを待っていたのだろうか？）

そんな疑問は残った。

だが、大した理由ではなかったのかもしれない。もしかしたら、単純に轟木の行方を追っていただけで、他意はなかったのかもしれない。下世話なことを考えていた自分を恥じる気持ちもあって、玲司は一瞬頭をよぎったこの疑問を打ち消した。

それに、その後、すぐ、

「林田にもメールしておくよ」

と言って、轟木がその場で携帯電話を出し、メールを打つのを確認した。林田も、轟木が来たら連絡をくれと言っていたが、本人からメールが来るのだから問題はないだろう。

（よかった）

玲司は一人、胸をなでおろした。

その時……

パタリ

と、本を閉じる音がした。

音の出所は、黒服の老紳士の手元である。

老紳士は、閉じた本を小脇に抱えて音もなく立ち上がった。背筋をピンと伸ばし、クイと顎を引くと、姿勢正しくそのままトイレに向かって歩き出した。足音はない。トイレの前に立つと、ドアが音もなく勝手に開き、その中へ、すうっと、消えるように入った。ドアが閉まる。

一連の様子を、轟木、玲司、流がじっと眺めていた。

空席になった椅子。

この椅子に座り、コーヒーを淹れてもらえば、過去に戻ることができる。

しかし、轟木はしばらく黙ったまま動こうとしない。

「さっちゃんを……」

その沈黙を、玲司が破った。

「呼んできますね」
玲司は流にそう告げて、階下へと続く階段に向かった。
玲司の背に、
「数も」
という、流の指示が飛ぶ。
玲司は、無言でうなずくと、カツカツと足音を響かせながら階下へと姿を消した。
この時になって、ようやく轟木に正気が戻って来た。
いなくなった玲司に気づいたのも、おそらくは、この時である。
轟木は、
(座ってもいいのか?)
と、流に目で訴えた。
「どうぞ」
とだけ答えた。
流は、空席を前にした轟木の緊張に見覚えがあった。
それは、
亡くなった妹に……

亡くなった親友に……

亡くなった母に……

亡くなった妻に……

いざ、会いに行こうとする者の逡巡《しゅんじゅん》のようなものである。

そして、その戸惑いは、相手が大切であればあるほど、強くなる。なぜなら、過去に戻って最愛の者に会えたとしても、その相手が生き返ることはない。どんな努力をしても現実を変えることはできないというルールがあるからだ。

まして、轟木は、生前の妻に見せられなかった悲願、芸人グランプリでの優勝を報告に行こうとしている。

それは、相手を喜ばせたいからである。

轟木にとって、最愛の妻、世津子の喜ぶ顔を見るのは、最も幸せを感じる瞬間に違いない。世津子にとっても、轟木の報告は大きな幸福感をもたらすだろう。

ただし、それは、コーヒーが冷めきるまでのわずかな時間しか共有することができない。轟木は必ず帰ってこないといけないのだ。でなければ、今度は轟木が幽霊となってこの席に座りつづけることになる。

過去に戻る、ということは、それらを承知の上で席に座らなければならない。

例の席に向かって踏み出す一歩が、重くないわけがない。

カツカツと音がして、階下から玲司が戻って来た。

「……すぐ、きます」

すでに轟木は例の席に座っているのだと思っていた玲司は、カウンター席からまだ腰すら浮かしてない轟木を見て、不自然に目を泳がせた。

だが、それが呼び水となったのか、轟木は、やっとカウンター席から立ち上がり、ゆっくりと過去に戻れる椅子に向かって歩き出した。


数と幸が階下から姿を見せた。

数は長袖のデニムシャツに黒パンツ、エプロンなし。幸は、襟と袖口にかわいらしいフラウンス付きの花柄ワンピースに水色のエプロン姿である。

例の席の前で立ち尽くす轟木に、

「お話は聞きました」

と、数が語りかけた。

「では、あなたがユカリさんの代わりにコーヒーを？」

轟木は、コーヒーを淹れるのは声をかけて来た女性だと思ったに違いない。

だが、数には、

「いいえ」

と返され、困惑した。

「え？　じゃ、誰が？」

「コーヒーを淹れるのは、私の娘です」

数はそう言って、傍《そば》に控える幸を見た。

「時田幸です」

幸は、礼儀正しく轟木に頭を下げた。

轟木は、一瞬狐《きつね》につままれたような表情を見せたが、すぐに、

（時田家の女は、七歳になるとコーヒーを淹れることができる）

と、昔、ユカリから聞いたことを思い出した。

（なるほど）

と、思う。今はこの子がコーヒーを淹れているのだ。

「……よろしく」

轟木は、そう言って幸に笑いかけた。幸もにこりと笑顔を返した。

「準備してきなさい」

数に言われて、幸は「はい」と返事をすると、そのままトテトテと厨房に姿を消した。当然のように、あとを流が追う。

幸がキッチンに消えるのを確認してから、ようやく轟木がテーブルと椅子の間に体をすべりこませた。子供の頃から、よく遊びに来ていたという場所ではあっても、この席に座るのは初めてに違いない。轟木は、物珍しそうに、その席から店内を見回した。

「奥様も、この喫茶店にはよく来られていたんですか?」

数が話しかけた。

数は轟木とは初対面だったが、世津子のことを話題にすることで、おおよその話は聞いていますよ、と主張したのである。

それは轟木も心得ていて、

「ええ、五年前の、亡くなる直前の正月には帰省していて、ユカリさんに新年の挨拶に伺ったと聞いています」

と、答えた。戻るべき日もちゃんとイメージしてある。

「では、その日に?」

「ええ、そのつもりです」

世津子が亡くなったのは五年前である。その直前の正月、おそらくは、世津子がここを訪れた時間も正確に知っているに違いない。数が説明するべきことは何もない。

幸がトレイを持って現れた。ここ数か月は、トレイの持ち方を数や玲司に習い、毎日練習していたので、いくぶん扱いはうまくなっている。

幸は、まだまだ慣れない手つきで真っ白なコーヒーカップを轟木の前に出して、

「ルールは聞きましたか？」

と、ていねいな言葉使いでたずねた。

幸の緊張した面持ちに気づき、轟木がほほえみかける。

「大丈夫だよ。おじちゃん、昔、この喫茶店で働いたこともあるんだ、だから、大丈夫……」

本当か嘘かはわからない。どちらにせよ、目の前の少女を安心させるための気遣いであることは傍目《はため》にもよくわかった。

幸は、一度振り返って数を見て、

（いいの？）

と、目で訴えた。

数は笑顔で答える。

幸の表情が柔らかくなった。やはり、まだ、七歳。緊張するのも無理はない。

幸は、ゆっくりと銀のケトルに手をかけると、

「じゃ」

と、一言、仕切り直して、

「コーヒーが冷めないうちに」

と、告げた。


その言葉が静かな店内に響き渡ると、幸がカップにコーヒーを注ぎはじめた。

何度も練習した成果だろう、銀のケトルの細い注ぎ口から、ゆっくりと、静かにコーヒーがカップを満たしていく。

轟木はカップに満たされるコーヒーを見つめながら、子供の頃、初めてこの喫茶店の噂を聞いた日のことを思い出していた。

「過去に戻れる？　嘘だろ？　しかも、現実変えれねーの？　それって意味ねーじゃん？」

それが、轟木の第一声である。まさか、そんなことを言っていた自分が実際に過去に戻ることになるとは思ってもいなかった。

（そういえば、その時一緒にいた世津子は「素敵ー！」とか言って、目をキラキラさせてやがったな……）

懐かしさと、おかしさが交錯して、轟木の口から思わず「ククク」と声が漏れた。

その声を最後に、轟木の体は一筋の湯気となって上昇し、そして、天井に吸い込まれるようにして消えた。あっという間の出来事である。


カラン、コロロン！


その時、けたたましくカウベルが鳴って、林田が走り込んで来た。入ってくるなり、林田は轟木の消えた例の席に駆け寄って、

「ゲン！」

と、叫んだ。ゲンとは轟木の名前である。

「林田さん？」

玲司と幸が目を丸くしている。

「あいつは？　ゲンは？」

「え？」

ゲンと呼ばれているのが轟木なのはわかったが、その鬼気迫る問いかけに、玲司はしどろもどろになっている。

「と、轟木さんなら、今、亡くなった奥さんに会うために過去に……」

「なんで行かせた！」

みなまで聞かずに、林田が玲司の胸ぐらを摑《つか》む。

「は、林田さん？」

幸は、林田の形相に怯《おび》えて、数の後ろに回り込んだ。

（あ……）

怯える幸を見て、林田は急に萎《しぼ》んだように小さくなり、玲司の胸ぐらから手を離した。それでも、上がった心拍数を急に下げることはできない。林田は、大きく肩で息をして、呼吸を整えた。

玲司が、おそるおそる、

「ど、どうしたんですか？」

と、林田の顔を覗き込んだ。

林田は、例の席をじっと見つめたまま、

「あいつは過去に行ったっきり戻って来るつもりなんてないんだ……」

と、力なくつぶやいた。

「え？」

流の細い目が大きく見開かれた。

戻ってこない、と聞いても、玲司はすぐには林田の言うことに納得できなかった。なぜなら、玲司の目には轟木が自暴自棄になっているようには見えなかったからである。

だが、もし、本来、それを林田が危惧して、ここで轟木を待っていたのだとしたら、すべてのつじつまが合う。林田は、轟木の自殺を止めようとしていたのだ。

「で、でも、轟木さんは、芸人グランプリ優勝を報告したら戻ってくるって……」

確かに轟木はそう言った。

玲司は自分の記憶をふり返りながら、轟木が戻ってこないなんて、林田の考えすぎであってほしい、そう思った。

だが林田は、玲司の言葉を聞いて、大きなため息をついた。

「戻って来るわけがない」

「どうしてですか？」

流に理由を聞かれて、林田はポケットから自分の携帯電話を取り出し、ある画面を開いて見せた。

画面には一言……

すまん。あとのことは頼む。

と、書いてある。

さっき、玲司たちの目の前で打ったメールに違いない。文面から、轟木に戻ってくる気がないのがわかる。

「そんな……」

玲司は息を呑んで、誰もいない例の席に視線を走らせた。

轟木は、林田、世津子と同じ学校を受験した。

林田と世津子はよく勉強ができたが、轟木は苦手だった。ただ、苦手ではあったが全然できなかったわけではない。轟木の成績は中の上。ただ、林田と世津子が上の上だっただけである。

三人が目指したのは、函館工業高等専門学校だった。函館市内にある国立の高等専門学校で、通称「高専」と呼ばれている。主に工業・技術系の専門教育を施す五年制（商船は五年六か月）の教育機関である。

この時、轟木と林田はまだ芸人を目指していなかった。高専は比較的自由な校風で、就職率も良い。ただ、偏差値は62～63で、北海道内にある高校486校中21位、国公立15校中だと1位と、非常に高い偏差値を誇る。受験前の面談では、轟木だけは確実に落ちると先生から太鼓判を押してもらっていた。

だが、負けず嫌いの轟木は、

「俺はやればできる男だ」

と引かなかった。

林田は冷静に、三人一緒の高校に行くなら、

「俺たちがゲンちゃんに合わせればいいんじゃない？」

と、言ったが、世津子は、

「ゲンちゃんなら絶対大丈夫！」

と、轟木の尻を叩いた。

それで決まった。

轟木は必死にがんばった。世津子の応援と、林田に勉強を教えてもらい、試験日一か月前から一日七時間以上の受験勉強にも取り組んだ。

高校受験の日、函館は大雪だった。

とはいえ、雪の町である。それで試験が中止になることはない。

風はなく、しんしんと雪は降り積もる。

真っ白な世界。

三人で一緒に受験会場に向かった。準備は万端だった。

轟木も過去問題をやれば、ほぼほぼ合格ラインの点数を取れるまでになっていた。

「これで受からなかったら、ゲンちゃんは、よっぽど神様に嫌われてるとしか思えない」

世津子はそう言って、轟木に合格祈願のお守りを手渡した。

「余裕だろ?」

轟木は胸を張った。かつてないほど勉強に打ち込んだ。

(もしかして、俺、勉強するのが好きなんじゃないか?)

と、勘違いしてしまう日もあった。

だが、結果は不合格。

轟木は一人、高専受験に失敗した。

応援してくれた二人には悪いと思ったが、轟木に後悔はなかった。やれるだけのことはやったという達成感もある。それに、文句を言っても「落ちた」という現実が変わるわけではない。

受かって喜ぶべき世津子のほうがくやし涙を流しているので、轟木は、

「神様に賄賂《わいろ》を渡し忘れた結果がこれだ」

と、笑い飛ばした。

公立高校は受かったので、轟木は一人で公立に行くことを決めた。

春。

入学式の日、轟木は自分の目を疑った。

同じクラスに世津子がいる。

「お前……」

世津子は高専入学を蹴って、轟木と同じ公立高校に通うことにしたのだ。

しかも、偶然同じクラスになった。

「神様にたくさん賄賂を贈った結果がこれである」

世津子はしたり顔でほほえんだ。

「私たちは、ずうっと一緒だからね？」

（ああ、俺たちはずうっと一緒だ……）

窓の外は一面、雪景色が広がっていた。

陽が落ちたばかりの時間帯は、空の青みが雪に映えてコバルトブルーの世界となる。

ベイエリア周辺の街灯《まちあか》りがオレンジに光る。

函館の冬の最も美しい時間である。

五年前の一月三日。

冬場の閉店時間は午後六時。

お正月ということもあって、すでに客の姿はなく、店内にはユカリと世津子の二人、そして、老紳士だけだった。

例の席に、人が現れるのはいつも突然である。

この喫茶店を訪れるのは観光客も多いので、ここが過去に戻れる喫茶店であることを知らない者もいる。

そんな中、入口近くに座る老紳士の体が、突然、湯気に包まれて下から別人が現れる。

客は当然「何事が起きたのか？」と驚くのだが、ユカリはあわてない。

「みなさん、喜んでいただけましたか？」

そう言って、居合わせた客にはマジックショーかなにかのように説明する。手の込んだ演出だと拍手をくれる者すら出る。タネを明かせと言われても、明かすことはできないのだが……

この日も、突然、老紳士が湯気に包まれた。

ユカリはもちろん、世津子も何度か見たことのある光景だった。だが、湯気の下から現れた人物を見て、世津子が頓狂な声をあげた。

「ゲンちゃん?」

「よう」

小さく手を上げて轟木が答える。

世津子は、なぜ、轟木が突然現れたのか理解が追いつかず、目でユカリに助けを求めた。

ユカリは、ぱっと表情を変えると、轟木の座る席まで歩み寄り、

「あら、ゲンちゃん、元気そうね〜、テレビ、見てる、嬉しいわ、嬉しい!」

と、手を取って喜んだ。

轟木も、恐縮しながら、

「ありがとうございます」

と、ユカリに何か言われるたびに、当たり障りない返事をした。

そうやって轟木とユカリが世間話をしていると、やっと世津子が二人の輪の中に入って来た。

「どうしたのよ?」

「なにが？」

「なにが、じゃないでしょ？　突然現れたらびっくりするでしょ？」

と、世津子は頬をふくらませた。

「だからって、前もって知らせとくこともできねーだろ？」

「ま、そりゃそーだけど……」

轟木の言い分が正しい。世津子は言いくるめられて、唇を尖《とが》らせた。

「未来から？」

ユカリがたずねる。

「ええ、まぁ」

「……なんか、あった？」

短いやり取りであったが、幼馴染《おさななじみ》の世津子は轟木の態度に暗い違和感を覚えたのだろう、心配そうに轟木の顔を覗き込んだ。

轟木にしてみれば、亡くなったはずの妻を目の前にしているのだ。戸惑わないはずがないし、まともに顔も見られずにいた。

（世津子……）

気を緩めると、目頭が熱くなる。

だが、世津子が亡くなったことを悟られるわけにはいかない。

「お前が、自分のこと『老けた、老けた』って言うから……」

轟木はあわてて嘘をついた。

「私が？」

「だったら俺が過去に戻って、本当に老けたかどうか見てきてやるよって」

「それ確認するために、わざわざ？」

「お前がしつこく『老けた、老けた』って言うからだろ？」

「え？　あ、そう？　なんか、ごめん……」

「いや、お前が謝っても仕方ないだろ？」

「あ、そっか」

「ったく……」

そう言って、二人は笑いあった。世津子にとってはいつもの、そして、轟木にとっては五年ぶりの談笑となった。そんな二人をユカリがじっと見つめている。

「……で？」

「なに？」

「確かめに来たんでしょ？」

「あ、ああ」

「どう？　やっぱ、老けちゃった？」

世津子は、

「よく見てね」

と、腰をかがめて、ギリギリまで轟木に顔を近づけた。

「どう？」

「老けてない」

「ホント？」

「ああ」

轟木の記憶にある世津子は、この年の春に亡くなっている。老けているはずがない。

「やった！」

世津子は無邪気に喜んだ。

「それで、何年後の私？」

「え？」

「老けを気にしてるのは、何年後の私なの？」

「ご、五年後」

世津子は腕組みをして、うーん、と唸った。

「……ってことは、今、ゲンちゃんは四十三歳か？」

「ああ」

「ゲンちゃんは少し老けたね？」

「うるせーよ」

「あはは」

世津子だけが幸せそうに声を出して笑っている。

そういえば……

轟木が深夜番組のレギュラーを勝ち取り、世津子に結婚を申し込んだのは、この日の九日前、十二月二十五日のクリスマスだった。

「顔に似合わずロマンチックなプロポーズだね」

と、世津子にはからかわれたが、轟木は、

「うるせーよ」

と、言いながら顔を赤くした。

世津子は、幸せそうにほほえみながら、

「今すぐ返事してもいいんだけど、やっぱり、お父さんとお母さんにはゲンちゃんからプロポーズされたって報告してから返事をしたいのね、だから、返事はその時までお預け、ね？」

と言って、すぐに函館行きの飛行機を手配した。

世津子が轟木のプロポーズに返事をしたのが、東京に戻ってからの一月四日。つまり、この日の翌日である。

「世津子ちゃん……」

少し離れて二人のやりとりを見守っていたユカリが、世津子の背後から声をかけた。

その瞬間、世津子の顔から笑みが消えた。

「……わかってます」

世津子は、そう答えたあと、しばらく唇を噛んでうつむいていたが、フッと、勢いよく息を吐《は》くと、

「で？　本当はなにをしに来たの？」

と、轟木に向かって笑顔でたずねた。

突然の質問に、轟木は目を瞬《またた》かせている。

「なんの話だよ？」

「なんの話って、とぼけてもダメだからね？」

「だから、なにを？」

「私を喜ばせるために来たんでしょ?」

世津子は腕組みをして、満足そうな笑みで轟木を見下ろした。

「え?」

「なに? 違うの?」

「あ、いや。違わない」

「じゃ、はい、聞かせなさい」

終始、世津子のペースである。轟木の考えていることなど手に取るようにわかるのだと言わんばかりの自信に満ちた顔をしている。だが、これはいつものことだった。轟木は世津子の言うことには逆らえない。

轟木は、観念したように、口をもごもごさせながら、

「芸人グランプリで……」

「え? まさか?」

「……優勝した」

「キャーーーーーーーーーーーーーーーーーーーーーーーッ」

世津子の叫び声が、店中に響き渡った。

他に客がいなかったからいいが、もし、いたとしても世津子は同じように叫んだに違いない。

「うるさい！」

「キャーーーーーーッ！」

「うるさい！」

「キャーーーーーーーーッ」

「うるせーよ！」

店内を走り回って喜ぶ世津子と、席から動けずどなるだけの轟木。その席から動けば、轟木は強制的に元いた時間に戻ることになる。それは轟木も望んではいなかった。

こんなやり取りが、世津子が走り疲れて、轟木の向かいの席に腰をおろすまで続いた。

世津子は、はぁはぁ、と、息を切らしながら、轟木の顔を正面から覗き込んだ。

「なんだよ?」

「おめでと」

世津子の瞳がキラキラと光っている。

「……お、おう」

「私、本当に嬉しい。こんな幸せなことない」

「大げさだろ?」

「ホントに……」

「そうか」

「うん」

轟木は、世津子がプロポーズの時以上に喜んでいるのを見て、

（よかった）

と思った。

（最後に、こいつのこんなに喜ぶ姿を見れて、もう、心残りはない）

と……。

轟木が、過去に来て初めて幸せそうな顔を見せた。

（これで……）

「私、安心して死ねるよ」

言ったのは、轟木ではない。世津子である。

（え?）

轟木は、世津子が何を言ったのかわからなかった。世津子の言葉の意味を理解しているのは、
その言葉を言った世津子自身と、そして……

「世津子ちゃん……」

と、いつの間にか目にいっぱいの涙をためているユカリであった。

「なに言ってんだよ？」

「私、死んじゃったんでしょ？」

轟木は息をのんだ。

「でなきゃ、ゲンちゃんがわざわざ過去の私に会いに来るわけないもんね？」

「違う！」

「いいよ、そんな嘘つかなくても……」

「俺は……」

「私ね、自分の病気のこと知ってるの。もう長くないってことも……」

「世津子……」

「だから、プロポーズされて、めちゃくちゃ嬉しかったんだけど、どうしたらいいんだろって悩んじゃって……。お父さん、お母さんには相談できなかった。悲しませるの目に見えてるから。だから、ユカリさんに……」

轟木は、自分がこの場に現れた時の、二人のぎょっとした表情を思い出した。

その後、ユカリが轟木の話し相手になっていたが、世津子はしばらく背を向けていた。

世津子はその時、自分の死を悟り覚悟を決めたのだ。

「ありがと、報告に来てくれて。めちゃくちゃ、嬉しかった。本当に、本当にこんな幸せなことはない」

「……」

「もー、泣かないの……」

そう言って、世津子は子供をあやすように轟木の目から溢《あふ》れる涙を指で拭った。

「コーヒー、冷めちゃうよ？」

轟木は、ふるふると首を振った。

「どうした？」

世津子はまるで母親のように見える。

「もう、戻るつもりはないんだ」

「なんで？　せっかく芸人グランプリで優勝したんでしょ？　これからバンバン仕事増えるんだよ？　がんばらなきゃ？　なんのために東京に出たのさ？」

「お前がいたから……」

うつむいたまま、轟木はつぶやいた。

「お前の喜ぶ顔が見たいから……」

ボタボタとテーブルの上に涙が落ちる。

四十三歳の男が、ただただ肩を震わせ、泣いている。

何度もあきらめかけた。

三十代半ばの頃、まともなギャラさえもらえない自分たちにいらだち、まわりの芸人仲間とケンカばかりしている時期もあった。仕事をもらうためにネタ作りと頭を下げる日々。自分たちより、後から現れた若手芸人がどんどん先にテレビに出ていく。

不安とあせりの日々。

そんな毎日をずっと支えてきたのが世津子だった。轟木が暗い顔をしていると、いつでも笑顔で励ました。そして気づく。思い出す。

(俺は、こいつを喜ばせるためにがんばってきたんだ)

と……

だが、世津子はもういない。

「俺は、お前がいたからがんばってこれたんだ……」

(だから、もう……)

「知ってるよ」

(え?)

「ゲンちゃん、私のこと大好きだもんね?」

いつもと変わらず、くったくなく笑う世津子。

「だから、私が死んでもがんばってくれたんだよね？」

「芸人グランプリで優勝するのが、お前の夢だったから……」

「うん」

「だから、芸人グランプリだけは、優勝するまではって生きてきたんだ」

「これからもがんばってよ？」

轟木は首を振った。

「なんで？」

「お前がいないんじゃ、生きてても意味がない……」

もはや、駄々《だだ》っ子《こ》である。

しかし、世津子はそんな轟木を見て、嬉しそうにほほえんだ。愛おしいのだ。

「いるよ」

世津子の、まっすぐで、

「私はいつもゲンちゃんのそばにいる」

迷いのない言葉。

「死んでも、ゲンちゃんが忘れない限り、私はいつでもゲンちゃんの心の中にいる。私が死んでもがんばれたのは、ゲンちゃんの心の中に私がいたからでしょ？」

（俺の心の中に……？）

「私は死んでも、ゲンちゃんが活躍すれば嬉しいし、とっても幸せなの。死んだ私を幸せにできるのはゲンちゃんだけなんだからね？」

（死んだお前を……？）

「私は、私の人生全部でゲンちゃんのこと愛してる」

（俺は……）

「死んだら終わりなんて言わせないんだから」

（死んだら終わりだと思っていた）

「だから、がんばって、ね？」

優しくほほえむ世津子に見つめられながら、轟木は子供のように泣きじゃくった。

死んでも終わらない。

思えば、自分はこの世津子の思いにどれだけ応えられたのだろうか？

十分の一、いや、百分の一……

人生全部なんて、言えない……

自分はその人生を途中で投げ出そうとしていた。

世津子との人生を投げ出そうとしていたのだ。

気づかされた。

気づいた。

亡くなった世津子を幸せにできるのなら、この人生すべてでがんばらねばならないのだと……

「だから、コーヒー……」

世津子は、目の前のコーヒーを、つっと押し出した。

コーヒーは、まもなく、冷めてしまうだろう。

轟木は涙でぐしゃぐしゃになった顔を上げて、カップに手をかけた。

「プロポーズ、明日、オッケーしとくからね？　本当は、自分だけ先に死んじゃうのに、受けるべきかどうか迷ってたけど、言いたいことは全部言えたから……」

「ああ……」

世津子は背筋をのばして、胸を張った。

「死ぬまで私を幸せにするんだぞ？　わかった？」

轟木は、

「わかった」

と、応えて、コーヒーを一気に飲みほした。

「……うん」

世津子の目から一筋の涙がこぼれた。

轟木の視界がぐにゃぐにゃとゆがみ、まわりの景色が、下から上へと流れはじめた。

湯気になって上昇する轟木の姿を、世津子が見上げている。

別れの時である。

「末代《まつだい》まで私を忘れないでね」

「末代までって……」

「私の愛情は怨念より深いんだから」

「わかった、わかった」

「会いに来てくれて、ありがと」

「世津子……」

轟木の姿が、天井に吸い込まれる。

「大好きだよ！　ゲンちゃん！」

世津子は声が枯れるほどの大きな声で叫んだ。

そして、店内にまた静寂が戻ってきた。轟木の消えたあとには、黒服の老紳士が現れた。老紳士は何事もなかったかのように、静かに本を読んでいる。

世津子は、黒服の紳士を見つめながら、轟木と出会った頃のことを思い出していた。

小学校五年生になったクラス替え直後のことだった。世津子は、突然、クラスの男子に「世津子菌」と言われて、いじめられるようになった。話しかけても誰も相手にしてくれない。世津子の触ったものは汚いと言われ、捨てる者もいた。ただただ苦しく、ただただ、悲しい日々だった。

そんな時、轟木が世津子のいるクラスに転校してきた。轟木は人を笑わせる天才で、あっという間にクラスの人気者になった。だが、世津子へのいじめがなくなったわけではない。

ある男子が轟木に言った。

「あいつに触ると『菌』が感染《うつ》るから気をつけろ」

世津子には抗《あらが》う術《すべ》はなかった。こうやって、いじめの輪は拡大していく。誰かを血祭りにあげることで、結束を固めようとするのだ。それは、転校生でも同じだと、世津子は思っていた。逆らえば、輪の外に弾《はじ》き飛ばされる。

だが、轟木は違った。

「こんなかわいい菌なら、俺のブサイクも治るかもしれねーな？」

どっと笑いがおきた。それで、世津子へのいじめがなくなったわけではなかったが、世津子の世界は大きく変わった。轟木だけは世津子に好意的だった。菌がついたと言って、騒いだり、ものを捨てようとする者がいれば「俺につけろ」、「俺によこせ」と言って笑いに変えた。気づくと、世津子も、菌だ、なんだと騒がれることが気にならなくなっていた。そのたびに、轟木が助けてくれるからである。世津子が、そんな轟木のことを好きになるのに、時間はかからなかった。

その頃、この喫茶店の噂を聞きつけて二人で遊びに来るようになった。ここで出会ったのが、クラス違いの林田であった。


世津子の大事な、大事な思い出である。

「……ユカリさん」

世津子は背後に立つユカリに語りかけた。

「ん？」

「私、がんばったよね？」

肩を震わせながら、世津子がつぶやいた。

「私……」

「よくがんばった」

「……」

「よくがんばったわね」

「……うん」

しんしんと、窓の外には雪が降りつづいている。

音もなく、ただ、しんしんと……


ライトアップされた紅葉が、まるで燃え立つ炎のように見える。

林田に轟木は帰ってこないと聞かされて、玲司の顔は蒼白《そうはく》になっている。

「まさか、轟木さんが過去に戻ったっきり帰って来るつもりがないなんて思わなかったから、すみませんでした」

謝ってすむ問題ではないと玲司も自覚していたが、謝らずにはいられなかった。

「いや、私も、ちゃんと説明しておけばよかったんだ……」

玲司の思いは、その蒼白になった顔を見ればわかる。林田も、説明足らずであったことを後悔している。だから、それ以上責めることはできなかった。

幸が、心配そうに玲司の顔を見上げている。

そんな、重い空気の中、数が、

「大丈夫よ」

と、優しく玲司に声をかけた。

数は、そのあと、自分の考えを述べた。

「昼間の話を聞いて、林田さんが轟木さんを過去に行かせないためにここに来ていることはわかっていましたし、轟木さんが過去に戻ったっきり帰って来るつもりがないこともわかっていました」

「え？」

玲司は、数の発言を聞いて思わず声をあげた。

轟木に帰って来るつもりがないことを予想していたという。

「じゃ、なんで行かせたんですか！」

思わず、林田が声を荒らげる。

しかし、数は冷静である。涼しい表情のまま、じっと、林田の目を見て、

「では、お聞きしますが……」

と、話しはじめた。

「その世津子さんて方も、ここのルールはよくご存じなんですよね？」

「それは、もちろん……」

「じゃ、その世津子さんて方は、愛する人がこの席に現れて、目の前でコーヒーが冷めるのをただ見ているだけの人なのでしょうか？」

「そ、それは……」

世津子がそんな轟木をただ黙って見ているだけだとは思わない。しかし、万が一もある。轟木がコーヒーをわざとこぼしてしまうなどの強硬手段に出れば、どうなるかわからない。

「でも……」

「大丈夫ですよ、ほら……」

数がそう言って、例の席に視線を走らせると、すっと、一筋の湯気がたった。それはまるで水槽に落とされた一滴の絵の具のように、モヤモヤと席の上で広がり、人形《ひとがた》となった。その人形が轟木の姿に変わる。

「ゲンちゃん！」

林田に呼ばれたが、轟木は答えず、

「ばかやろ、声でかすぎんだよ」

と、吐きすてるように言って肩を揺らしていた。

しばらくして、トイレから老紳士が戻って来た。

老紳士は、轟木の前に立つと、

「失礼、この席は、私の席なのですが……」

と、ていねいな言葉づかいで告げた。

「すみません……」

轟木は、そこで、大きく洟《はな》をすすりあげ、あわてて席を立った。

老紳士は満足げに、ニコリと笑顔を見せると、音もなくテーブルと椅子の間に体をすべりこませた。


「……ゲンちゃん」

再び、林田が声をかけた。

「戻って来ちまったよ」

轟木は恥ずかしそうにつぶやいた。

「ああ」

林田が返す。

「死んだら終わりなんて言わせないってよ」

誰が言ったのか、聞かなくてもわかる。世津子しかいない。

「……そっか」

林田は、頬をゆるませた。

(さすが、世津子だ)

とでも、思ったのかもしれない。

轟木は林田から目を逸らして、

「だから、さっき送ったメール、削除しといてくれ」

と、照れ臭そうに吐き捨てた。

「勝手な奴《やつ》だ」

「すまん」

二人は、その後、いろいろと騒がせたことを詫《わ》び、

「もし、ユカリさんが戻って来たら、よろしくお伝えください」

と、言い残して店を後にした。

近いうちに、再び、ポロンドロンの活躍を目にすることができるだろう。

数は、何事もなかったかのように、店の閉店作業を玲司と流に任せて、夕飯の支度のために幸と階下へ姿を消した。

轟木を過去に行かせた責任から蒼白だった玲司の顔も、今は元どおりである。

「数さんてなんでもお見通しなんすね？」

片付けながら、玲司がさっきの出来事を思い返して、ため息をついた。

夏の終わりには、写真の件で、過去に戻った弥生《やよい》の心情を見抜いている。この喫茶店に数がやって来て数か月。玲司は数という人物の洞察力に感心していた。

だが、流は流で、なにやらぼんやりしている。手元を見ても、あまり片付けが進んでいなかった。

玲司が、不審に思って、

「どうしたんすか？」

と、流の顔を覗き込んだ。

すると、流は、ちょっとまじめな顔で玲司に向き直り、

「ずっと考えてたんだ……」

と、独り言のようにつぶやいた。

「何をですか？」

玲司が首をかしげる。

「俺があいつに会いに行きたいと思わない理由……」

それは、今日の夕方、玲司の質問から始まった話である。

玲司は、

「十四年ぶりに会えるかもしれないのに、奥さんに会いたいと思わないんですか?」

と、流に聞いた。

聞いた本人である玲司の中では、ある意味、終わっていた話である。

だが、流はそれの答えをずっと考えていたのだ。

「さっき、轟木さんが言ってただろ?」

「え?　なにをですか?」

「死んだら終わりじゃないって言われたって……」

「あ、ええ、はい」

「俺も」

流は、そう言って、

「死んだら終わりだって思ってなかった」

と、ぽつりとつぶやいた。

そして、その言葉を嚙みしめている。

流は続けた。

「あいつはいつも俺の中にいる。俺たちの中にいるから……」

俺たち、それは流と娘のミキのことに違いない。

ボーン、ボーン、ボーン、ボーン……

タイミングよく、柱時計が午後六時の鐘を鳴らした。

流の言った言葉になんと返せばいいのかわからない、玲司の心情を代弁してくれたようにも聞こえる。

鐘が鳴り終わると、流は、

「なんか、恥ずかしいな」

と、言って細い目をさらに細めた。

「ですね」

玲司が答える。

「聞かなかったことにしてくれ」

「わかりました」

流と玲司は、止まっていた片付けの手を動かした。

燃え立つ紅葉が、ざわざわと鳴っている。

二人の作業を追い立てるように。

第三話

「ごめん」が言えなかった妹の話

しばらく、お店、お願いね

そう、時《とき》田《た》流《ながれ》に手紙を残して、時田ユカリは渡米してしまった。この喫茶店を訪れた少年の父親を探すためである。ユカリは世話好きで、困ってる人を見ると放っておくことができない。

数年前、函館《はこだて》に観光に来ていた沖縄出身の女性が、偶然、この喫茶店に立ち寄り、過去に戻れることを知った。彼女は過去に戻って、幼い頃に突如転校してしまった親友に会いたいと言う。理由を聞くと、転校前にケンカをして相手を傷つけてしまったことをずっと後悔していた。だが、彼女はこの喫茶店のルールのことは知らなかった。ルールでは、喫茶店を訪れたことのない者には会うことはできない。しかも、座った席から移動もできないし、コーヒーが冷めきるまでという時間制限もある。ルールを聞かされた彼女は、がっくりと肩を落とした。彼女の後悔は、長年にわたって彼女を苦しめてきたに違いない。

ユカリはこういった話に弱い。ユカリは彼女の連絡先を聞き、後日、沖縄に何度も赴き、様々なネットワークを使って彼女の親友を探すことにした。

ユカリの考えた作戦はＳＮＳ（ソーシャルネットワーキングサービス）に訴えかける方法だった。

ユカリ自身はＳＮＳに疎かったが、東京の過去に戻れる喫茶店フニクリフニクラには、世界的に有名なゲーム会社で活躍していた賀田多五郎《かただごろう》と、システムエンジニアだった（旧姓清川《きよかわ》）二美子《ふみこ》がいる。

二美子は昔、過去に戻った経緯がある。ユカリはこの二人にその方法論のアイデアも含めて、協力を依頼した。

そのアイデアの中の一つにあった、沖縄で活躍するユーチューバー「ハイタイ断定団」という女性だけの動画投稿チームに、人探しという企画で協力を要請したのが功を奏した。彼女らの動画には視聴登録者が全国に一〇〇万人以上いて、様々な年齢層が見ている。その動画で、呼びかけて、行方知れずになっていた彼女の親友が広島に住んでいることを突き止め、十数年ぶりの再会を果たしたのだ。

家の都合とは言え、行方知れずになった彼女の親友も、ケンカ別れしてしまったことをずっと後悔していたのだという。ただ、何も言わずに転校をしてしまったことも含めて、沖縄の彼女がずっと怒っているのではないかと、連絡できなかったらしい。

人の心は見えない。相手はなんとも思っていなくても、相手の気持ちを勝手に想像して言い出せないことがある。

だから、ユカリはそれがたとえお節介に見えることでも、まずは行動してみる性格であった。

相手が「迷惑です」と言っても、それが本当に迷惑だと感じているかどうかはわからない。ユカリの中では、「三顧の礼」にちなんで、相手から三度断られたらあきらめるというルールを決めている。つまり、三度断られなければ「迷惑です」は迷惑ではないというのだ。

今回のアメリカから来た少年の時も例に漏れない。ただし、今回は、沖縄でのやり方ではなく、行方不明になった父親の足取りを聞き込みをくりかえしながら、地道に探っていくことにした。だから、いつまでが「しばらく」なのかはユカリ本人にもわからない。

そんなユカリからハガキが届いた。

しばらく帰れない

「それだけ？」

病院での仕事を終え、私服の村岡沙紀《むらおかさき》が頓狂な声をあげて、流の持つハガキを覗《のぞ》き込んだ。

「はい」

流が無表情で答える。

「ある意味、さすがというか、なんというか……」

他人の沙紀のほうが、ユカリの無責任さに呆《あき》れているように見える。

「ユカリさんらしいと言えば、らしいですけどね」

呑気《のんき》に答えたのは小野玲司《おのれいじ》であった。

事実、ユカリの勝手気ままな行動に流以上に振り回されてきたのは、この喫茶店で長年アルバイトをしている玲司かもしれない。その玲司は、もう慣れっこという口ぶりだった。

夕方の五時を回って、店内には沙紀のほかに一組のカップルと、布川麗子《ぬのかわれいこ》だけ。

麗子は、自分の妹が繁忙期だけここで働いていたために顔を出すようになった常連客である。

「先生……」

玲司が、沙紀に小声で話しかけた。

「なに？」

「なぜ、今日に限って、わざわざ麗子さんをここに連れて来たんですか？」

「ん？」

「だって、雪華《ゆきか》さんは……」

玲司は、みなまで言わず、ごにょごにょと語尾をごまかした。

麗子の妹の雪華は、四か月前に余命を宣告され、この世を去っている。玲司たちが聞いたことがないような病名で、原因は不明。日本には症例も少なく、具体的な治療法もまだ見つかっていなかった。

麗子はそのショックで眠れなくなり、時々、亡くなったはずの雪華を探してこの喫茶店に立ち寄ることがある。そんな状態の麗子を、玲司もアルバイト中に何度か目《ま》の当たりにしていた。

雪華が生きていた時は、笑顔の絶えない仲のいい姉妹だったのに、今の麗子にはその面影すらない。そんな麗子を連れてこられても、麗子のためにできることは何もない。仕事中、麗子の姿が目に入るたびに玲司はいたたまれない気持ちになっていた。それほど、今の麗子の姿は見ているだけで痛々しい。

だが、沙紀は一言、

「今日は、ちょっとね」

と、言うにとどまった。

窓の外には夕闇が迫り、ライトアップされた紅葉が赤々と光っている。

沙紀の座るカウンター席の隣には『一〇〇の質問』の本を持った時田幸《ときたさち》がいる。幸はこの『一〇〇の質問』を大変気に入っていて、暇さえあれば質問を投げかける。流と沙紀がユカリから届いたハガキの話をしはじめてからは、一時中断していた。

カラン、コロロン……

「こんばんは」

入って来たのは松原菜々子《まつばらななこ》である。

「あ、菜々子お姉ちゃん！」

幸の目が光る。質問を投げかける相手が増えたのを素直に喜んでいる。

「いらっしゃい」

これは流。

「さっちゃん、こんばんは」

そう言って、菜々子はカウンター席に座る幸の隣に腰掛けた。ちょうど、菜々子と沙紀とで幸をはさむ形になる。

「クリームソーダ」

菜々子の注文に、

「かしこまり」

と、言って流が厨房《ちゆうぼう》に消えた。

菜々子は玲司の幼馴染《おさななじみ》で、函館大学に通う学生である。

玲司も菜々子と同じ大学なのだが、最近は授業そっちのけでほぼ毎日この喫茶店でアルバイトをしていた。彼は東京に出てお笑い芸人になることを目指していて、そのために上京資金を貯《た》める必要があったからだ。

菜々子は授業が終わると所属している吹奏楽部に顔を出して、終わるとだいたいここにやってくる。

見ると、玲司が菜々子の顔を見て「うーん」と、うなりながら眉をひそめている。

「……なに？」

困惑顔で菜々子が顔をそらすが、玲司は、

「いや、なんか、いつもと違わないか？」

と言って、顔をもっとよく見せろとばかりに覗き込んだ。

「なにが？」

「わからん」

「なにそれ？」

「でも、なんか、いつもと雰囲気が違うんだよ……」

玲司の目には菜々子の顔がいつもと違って見えているのだが、その違いがなんなのかわからない。

「なんなんだ？」

玲司の言葉に、

「なんなのよ?」

と、菜々子が返した。

玲司は、いつもと違う菜々子の雰囲気に対して自分の心がざわついていることに戸惑っている。その心のざわつきがなんなのかもわからない。

とはいえ、菜々子の変化に気づかなかったのは男である玲司だけで、沙紀はいとも簡単に、

「口紅でしょ?」

と、言い当てた。

七歳の幸ですら、

「いつもと違う色」

と、指摘している。

「あ……」

思わず、玲司が声を漏らす。

沙紀は、菜々子の顔を舐《な》めるように観察して、

「新作?」

と、首をかしげた。

「ええ、まぁ」

菜々子は普段から化粧をしていないわけではない。だが、女性は口紅の色一つ変えただけでも印象がガラリと変わることがある。しかし、玲司にはその変化を具体的に見極めることはできなかった。

「なんか、いつもと違うなぁって思ってたんだけど、なるほど、口紅か……」

玲司は、さっきの違和感の答えが口紅の色だとわかって、ほっと胸をなでおろしたが、心のざわつきの原因については気づいていない。

「かわいいじゃない？」

「そうですか？」

菜々子は沙紀にほめられて、まんざらでもなさそうに笑顔を見せた。

「好きな男でもできたか？」

玲司がカウンターから身を乗り出した。

「気になる？」

「気にはならんけど、興味はある」

「なにそれ？」

「お前がどんな男とつきあおうと勝手だが、どんな男とつきあうのかは興味がある」

言ってる意味がわからない。菜々子は首をかしげて、

「一緒でしょ？」

と、突っ込んだ。

「違うだろ？」

「どこが？」

「まんまだよ。どんな男とつきあうのかを決めるのはお前の勝手だけど、お前の選んだ相手がどんな性格で、お前のどこを気に入ってつきあったのかは気になる」

「だから、一緒でしょーよ？」

「微妙に違うだろ？」

「わからん」

「わからなくていい」

堂々巡りである。

そんな二人のやりとりを幸がぼんやりと眺めている。

「お、今、どこまでいった？」

菜々子は、幸が手に持っている『一〇〇の質問』を目にして、ひらりと話題を変えた。

「八十六問目」

幸が嬉《うれ》しそうに答える。一人で黙々と読み進むことのできる読書と違って、菜々子や沙紀に質問をして答えてもらうのが楽しいのだ。もちろん、毎日できるわけでもないし、一日に進めても二、三問であるから、一問目からスタートして二か月ほど経《た》っている。

「あと、もう少しじゃん？」

「うん、あと少し」

「続き、やっちゃう？」

「うん！」

普通の本なら日に三冊は読んでしまう幸にとって、こうやって一冊の本を菜々子たちとゆっくり進めていく行程も新鮮で楽しいのだ。

玲司は、二人のそんな姿を横目に、口を尖《とが》らせて厨房に消えた。

「はい、おまたせ」

入れ替わりに、流が厨房から戻ってきて、菜々子の前にクリームソーダを差し出した。鮮やかなエメラルドグリーンのソーダ水に、流が厳選した生クリームと卵、それに、きび砂糖を使った手作りアイスクリームが載っている。

「ありがとうございます！」

菜々子はキラキラと目を輝かせて、ストローを手に取った。この流が作るクリームソーダは菜々子のお気に入りなのだ。

「もし、明日、世界が終わるとしたら？　一〇〇の質問」

菜々子が、クリームソーダを味わっている間に、幸が質問を読み上げた。

「はい」

菜々子は、あらためて幸に向き直る。

幸は真剣な顔で、続けた。

「第八十七問。あなたには、今、十歳になったばかりの子供がいます」

「これまたしょっぱそうな質問ね」

言ったのは沙紀である。苦々しそうに眉をひそめた。

「十歳ね？」

これは菜々子。確認すると幸が小さくうなずいた。

「微妙な年齢だ」

菜々子の言う「微妙」は、子供でありながら大人の言うことも理解できる年齢、という意味を含んでいる。今の時代、十歳であれば、パソコンでなんでも検索し、調べることができるのだから中途半端な説明は通用しないのだ。

菜々子は、質問の続きを促すように、

「いいよ」

と、幸に声をかけた。


もし、明日、世界が終わるとしたら？　一〇〇の質問。

第八十七問。

あなたには、今、十歳になったばかりの子供がいます。

もし、明日世界が終わるとしたら、あなたはどちらの行動をとりますか？
①本当のことを言ってもわからないと思うので黙っておく
②本当のことを黙っておくと後ろめたい気持ちになるので正直に話す

菜々子は聞き終わってすぐ、迷うことなく、

「①」

と、答えた。

「言わないの？」

沙紀が聞く。

「十歳ですよね？　言いませんよ、言っても無駄に怖がらせるだけですもん」

「なるほど」

「先生は、言うんですか?」

「うーん、十歳でしょ?」

沙紀は天井を仰いで、しばらく唸ってから、

「……言わないか」

と、独り言のようにつぶやいた。

「ですよね」

「じゃ、もし、菜々子ちゃんが十歳だったら?」

「私が?」

「知りたい? それとも、知りたくない?」

「うーん」

今度は菜々子が天井を仰いだ。

そんな二人のやりとりを幸が目を輝かせて眺めている。

「知りたいかも」

「それ、矛盾してない?」

「でも、私だったら知りたい、でも、自分の子供には教えたくない」

「どうして？」

「自分が悲しむのはいいけど、自分の子供が悲しむのは見たくない、から、かな？」

「……なるほどね」

確かに矛盾してはいるが、これはこれで納得できる回答だと、沙紀は同意の意味も込めて大きくうなずいてみせた。

「流おじちゃんは？」

「うーん、俺は②かな？」

「なんで？」

「後ろめたいのもあるし、隠しきれない」

幸の質問に答えた流に、菜々子が、

「流さん、嘘《うそ》つくの下手そうですもんね？」

と、付け加えた。

「なんか隠してるでしょ？　って聞かれたら洗いざらい話しちゃうタイプだ？」

これは沙紀。

「はい」

流は、そう答えて頭をかいた。

そんな様子を、窓際のテーブル席に座る麗子がぼんやりと眺めていた。

ボ……オーン

午後五時半を告げる柱時計の鐘が鳴り響いた。

それがキッカケとなったのか、カップルが席を立った。玲司がレジに走る。

カツカツと階下から足音が聞こえて、時田数《ときたかず》が登ってきた。

この喫茶店の階下は、流や幸たちの居住空間になっている。

「幸」

と、数。

「なに？」

「夕飯よ」

「わかった」

幸は、パタリと『一〇〇の質問』を閉じた。

「じゃ、続きはまた今度ね」

菜々子がそう言うと、幸は、

「うん」

と、答えて、本をカウンターの上に残して階下へと消えた。

数も、流に目配せをして幸のあとを追った。あ、と、の、こ、と、は、お願、い、し、ま、す、と。

カラン、コロロン

会計をすませたカップルが店を後にした。

店内には、菜々子と沙紀以外、客は麗子だけとなった。

「……あ、そうだ」

不意に、玲司が手を打った。

「沙紀さん、ネタを、ぜひ、次のオーディションのための新作のネタを見て感想を聞かせてくれませんか?」

玲司はこう言って、時々、仲のいい常連客に自分のネタを見てもらおうとすることがある。彼の夢は大手芸能事務所のオーディションに受かって、お笑い芸人になることである。

つい先日、テレビで活躍しているお笑いコンビポロンドロンの轟木《とどろき》と林田《はやしだ》が函館出身で、おまけに、この喫茶店の常連客であったことを知り、俄然《がぜん》、やる気を出している。

そんな夢見る青年のはやる気持ちを、沙紀が、

「おもしろくない」

という一言で一刀両断した。さらに、

「笑えない、寒い、テンポが悪い、っていうかどこで笑っていいのかわからない、ズバリ！お笑い芸人になろうとしていることが間違っている、あきらめた方がいい」

と、続く。

ひどい言いようである。

「さ、沙紀さん、それはちょっと言いすぎなのでは……」

流は、玲司が傷つくのではないかと思ってフォローするつもりだったのだろうが、玲司は、意外にもケロリとしていて、

「そんなことないですよ！」

と、くったくない笑顔で反論し、くじけることがない。何を言われても、玲司は自分を信じてやまない夢見る青年であった。

「親切で言ってあげてるのよ？　取り返しがつかなくなってから後悔しても遅いでしょ？」

「大丈夫です。後悔なんかしませんから」

暖簾《のれん》に腕押し、蛙《かえる》の面《つら》に小便か……と、沙紀はため息をついた。

「私見てあげようか？」

菜々子が割って入る。

「断る」

「なんで？」

「お前の意見は参考にはならない」

幼馴染ゆえに、点が甘いことを玲司は危惧している。

「私の意見はぜひ参考にしてもらいたいんだけど？」

すかさず、沙紀が突っ込む。

玲司はそれには耳を傾けず、

「よし！」

と、気合いを入れると、おもむろに厨房に姿を消した。厨房の奥には従業員用のロッカーがある。そこに向かったのだろう。

「玲司くん？」

流が厨房を覗き込む。

「？」

菜々子と流が目配せをして、首をかしげる。

しばらくして、ネタ集と書かれたノートと大きなバッグを持った玲司が戻ってきた。

「流さん、あと、お願いできますか?」

「え?　あ、いいけど……」

この時期、営業時間は午後六時までで、さっき、五時半を告げる鐘が鳴ったので、新たな客が来てもラストオーダーは終わっている。「あと」というのは閉店作業のことだ。

「どこ行くの?」

菜々子は、バイト中に突然持ち場を離れようとしている玲司を咎《とが》めた。

「路上でゲリラライブ」

「こんな時間に?　外はもう真っ暗よ?」

「金森《かねもり》ホールの前ならラッキーピエロもあるし、まだ観光で来ている人たちもウロウロしてるはず!」

金森ホールというのは、函館の観光地であるベイエリアの中心に位置し、函館港に沿って並ぶ赤レンガ倉庫群の一角である。音楽ホールとして使用されることも多いが、他にも各種イベントや舞台公演などにも使用されている。この金森ホール周辺には、他にもレンガ造りのショッピングモールやレストランなどがある。玲司の言うとおり、この時間でも金森ホール前はライトアップされていて、人通りもある。

ただし、天候が気になる。少し前から遠くで雷のゴロゴロという音が鳴っている。

しかし、今の玲司には雨・風・雷の心配など関係ない。

「行ってきます！」

はやる気持ちを抑えきれず、玲司はあっという間に出ていってしまった。

カランコロロン

「玲司！」

止める間もない。

「行っちゃったよ」

沙紀が頬杖《ほおづえ》をついてつぶやきながら、

（若いっていいね）

と、ニヤニヤしている。

「すみません」

菜々子は、閉店作業を放りだして出ていってしまった玲司の代わりに流に頭を下げた。

「あ、大丈夫、大丈夫、それに今日は……」

流はニコニコと笑顔で答えると、チラと麗子を見てから、沙紀と目配せを交わした。

沙紀は、腕時計で時間を確認すると、

「そーね」

と、つぶやいた。

菜々子は、揺れる入口のドアを見つめながら、

「夢をあきらめない才能だけは誰にも負けないんですけどね……」

と、ため息交じりにつぶやいた。

そんな菜々子を見て、沙紀は、

(でも、そんな玲司くんのことが好きなんでしょ？)

と、喉まで出かかっている言葉を飲み込んでニヤニヤしながら菜々子の顔を覗き込んだ。

「なんですか？」

「別に……」

沙紀はそう言って、幸が置いていった『一〇〇の質問』に手を伸ばした。質問の続きをやろうというのではない。ただ、なにか他のことに気を向けないと、ついつい、下手なことを口走ってしまいそうだったからだ。

菜々子と沙紀の間に微妙な空気が流れた、その時だった。

「いくらですか？」

不意に、麗子が立ち上がった。

「え？　あ、え？」

流があからさまに動揺しているのがわかる。

閉店時間も近いのだから、麗子が帰ろうとするのはごく自然なことである。それでも、なぜか流はあわてて、しどろもどろになって、

「お、おかわりですか？」

などと、支離滅裂な言葉をもらした。

「いいえ、お会計を……」

麗子が静かに答えて、伝票に手をかけた。

「え？　でも、さっき来たばかりじゃないですか？」

これまた、流の言葉は適切ではない。麗子は今日、沙紀に連れられて小一時間ほど前に来店している。来店時に注文した紅茶も飲みほし、麗子に留《とど》まる理由は何もない。

それでも、麗子はただ、帰ろうとしたわけではなさそうだった。

麗子は、静かに喫茶店の入口を見つめて、

「雪華……、来ないから……」

と、消え入りそうな声でつぶやいた。

「あ、でも」

額に汗がにじむ流。自分の失言に対して、明らかに動揺している。

そんな流に代わって、沙紀が割って入った。

「雪華ちゃんと待ち合わせだったの？」

沙紀は、麗子の言葉に逆らわない。声は優しく、落ち着きがある。

「ええ」

麗子はその場に立ち尽くしたまま答えた。

「あの子、今度、私に彼氏を紹介するって約束したんですけど……」

「そう？　それは楽しみね」

「でも、私が日にちを勘違いしていたのかも……」

麗子の表情が曇る。

勘違いもなにも、麗子の妹の雪華は三か月前に亡くなっている。麗子は、来るはずもない妹をずっと待っていることになる。

それは、今日だけではない。麗子は時々、この喫茶店を訪れては、同じせりふを吐いていた。

沙紀も雪華が亡くなった事実は承知しているはずである。入院中の雪華のメンタルケアを担当していたのだから。

だが、沙紀はそれでも逆らわない。

「もう少し待ってみたら？　彼氏との待ち合わせが遅れてるのかもよ？」

麗子の虚《うつ》ろだった目にほんの少し光が宿る。

「特になんの用事も無いんでしょ？」

「ええ、まぁ」

「だったら……」

麗子が、また、喫茶店の入口に目を向ける。

「コーヒー、おごるわよ」

沙紀は、そう言って流を見た。

「あ、はい」

流はあわてて厨房に消える。

「……じゃ、もう少しだけ」

待つことにする、と麗子は言って、ゆっくりと席に戻った。

「よくぞ決心してくれました！」

アルバイト中にもかかわらず、雪華の声は店中によく響き渡った。

「しー、声、大きい」

カウンター席に座る麗子が、他の客の視線を気にして身を縮こまらせる。

観光シーズンになると、雪華は臨時でこの喫茶店で働くことがあった。一日中満席になることもあるので、ユカリと玲司だけではさすがに手が回らない。場合によっては、菜々子が手伝うこともあった。

雪華が入院することになる数週間前、この時は、ちょうどゴールデンウイーク真《ま》っ只中《ただなか》で、五稜郭《ごりょうかく》や函館公園では桜祭りが催されているとあって、この喫茶店も常に客で溢《あふ》れていた。

ただし、この時はランチのピークも終えて店内も落ち着いていた。暇というわけではないが、客として来店した姉の麗子との会話を楽しむくらいの余裕はある。

「やっとか〜」

雪華は隣に腰掛けながら嬉しそうに麗子の顔を覗き込んだ。

「やっとって……」

「マモルさんの立場にもなってみなって」

麗子の体を椅子ごと、ぐいと自分に向けさせ、雪華は説教モードに突入する。

「なにが不満だったのか知らないけど、プロポーズから半年も待たせるなんて普通ありえないからね?」

「いろいろあるのよ」

「いろいろって何?」

「……いろいろは、いろいろよ」

麗子と雪華は二人きりの姉妹である。両親は二人が小さい頃に他界し、ここ函館の親戚の家に預けられたが、麗子が働き出してからは二人でアパートを借りて仲良く生活していた。

だから、麗子の言う「いろいろ」は、おそらく、妹一人を残して自分が先に結婚することへの躊躇《ちゅうちょ》だった。

「なにそれ?」

「いいでしょ? 別にあんたに迷惑かけたわけじゃないんだし?」

「は?」

「なに?」

「私、これでもお姉ちゃんが先に行ってくれるの待ってたんだからね?」

「え？　あんた彼氏いんの？」

「いるに決まってんじゃん？　なに言ってんの？」

麗子にとって、雪華に彼氏がいるという事実は、まさに、青天の霹靂《へきれき》であった。いつまでも子供だと思っていた、いや、思いたかったのかもしれない。

「なに？　その意外そうな顔？」

（子供扱いしてるでしょ？）と、雪華は口を尖らせる。

「あ、いや……え？　結婚すんの？」

「そりゃ、ま、プロポーズされれば？」

意味深に雪華は顎をしゃくって見せた。

「じゃ、プロポーズはまだなんだ？」

「プロポーズはね」

「へ～」

少し寂しくはあるが、麗子は内心ホッとしていた。妹一人残して自分だけ結婚してしまう後ろめたさもあったが、麗子はとにかく雪華に幸せになってもらいたいと思っている。そんな妹に、大切なパートナーができることをずっと望んでもいた。

そして、それは雪華も同じ思いだったに違いない。

「は～、よかった！　これでいつプロポーズされても、私、即オッケーできる」

姉より先に嫁にいくわけにはいかない感をアピールするために、雪華はわざとらしく麗子の前で大きくのびをしてみせた。

しかし、麗子は雪華のアピールは無視して、

「まずは紹介しなさいよ？」

と、今度は雪華の体を椅子ごと、ぐいと自分に向けた。

「嫌よ」

「え？」

「絶対、嫌」

「紹介してくれないと結婚できないでしょ？」

「なんで？」

「なんでって……当たり前じゃない？　姉一人、妹一人の家族なんだから」

「そうだけど、お姉ちゃんに許してもらう義理はないでしょ？」

「あるわよ」

「ない」

「紹介」

「嫌だ」

「だから、なんで？」

「なんでも」

すったもんだのこんなやり取りも実は楽しいのだ。

「なに？　チャラ男なの？」

「違います」

「働いてない？」

「違います」

「わかった！　３Ｂだ？」

「なにそれ？」

「モテるけど、つきあうと苦労するバーテンダー、美容師、バンドマン！」

「違います」

「じゃ、３Ｓ！」

「３Ｓ？」

「整体師、消防士、スポーツインストラクター？」

「それ適当にＳから始まる職業集めてるだけでしょ？」

「教えなさいよ！」

「嫌だ」

「劇団やってるとか？」

「それはマジで勘弁……」

「芸人目指してる？」

「絶対、嫌！」

二人の会話に、後ろにいた玲司が、

「聞こえてますよ」

と、割り込んできた。芸人を目指している張本人である。

「紹介、紹介、紹介、紹介！」

「わかった！　わかりました！　今度、今度ね！」

「いつ？」

「いつかはわからないけど、今度……」

「絶対だからね？　約束よ？」

「はいはい」

「じゃ」

麗子は小指を差し出した。

「なに？」

雪華は眉をひそめる。

「指切りに決まってるでしょ？」

「そこまでしなくても……」

「いいから、はい」

しぶしぶ、差し出す雪華の小指を、麗子の小指がガッとかっさらった。

「指切りげんまん、嘘ついたら……」

「お、お姉ちゃん、声大きい！」

「針千本飲ーます」

約束を交わした、あの日……

妹が生きているだけで……

夢のような、幸せな時間だった……

その雪華はもういない。

約束だけを残して亡くなった。入院から一か月。あっという間だった。あまりに早い、突然の別れだった。

その雪華の死は、麗子の人生を大きく狂わせることになる。

まず、雪華が亡くなってから、麗子は睡眠障害に陥《おちい》った。夜眠れない日が続き、昼間でもまるで夢の中にいるような感覚にとらわれはじめた。そのうち、だんだんと夢と現実の区別がつかなくなり、眠ってもいないのに、ふとしたきっかけでこの喫茶店で、雪華と約束を交わしたあの日の夢を見る……

白昼夢である。その症状は重く、精神障害として沙紀のカウンセリングを受けなければならないほどだった。

そして、雪華が喜んでいた麗子とマモルとの結婚についても、今は、一方的に麗子が拒否する形で頓挫していた。

麗子は、大事な妹が死んだのに、

（自分だけ幸せになることなんてできない）

と、思い込んでしまっている。

睡眠障害も、このまま放っておけばさらにひどくなり、衰弱、そこから意識の混濁、正しい判断ができなくなり、

（自分も妹と同じだけ不幸にならなければならない）

という強迫観念に追い込まれれば、自殺すら考えるようになるかもしれないと、沙紀は思っていた。

それほど麗子にとって妹の雪華の存在は大きく、すべてだった。

誰がなんと言おうと、今の麗子の心を救うことはできない……

ピカッ

「あ」
菜々子が思わず声をあげた。
店内が一瞬真っ白く照らされて、数秒後に、
ゴロゴロゴロ
と、鳴った。

「かなり近いな」

流が言った。

窓の外でザーザーと雨音も響きはじめた。

「玲司くん、大丈夫かな？」

出ていく時、雨傘などは持っていなかった。この様子では、どこかで雨宿りできたとしても、帰りに傘なしで戻って来れば、間違いなくびしょ濡《ぬ》れになるだろう。

十月ももう終わる。この時期の雨は冷たい。

「……仕方ないな」

そう言って菜々子はカウンター席から立ち上がると、

「あの傘、借りていいですか？」

と、傘立てを指差した。

「あ、ああ」

流が答える。

菜々子は、玲司を迎えに行くつもりである。

この店には、こんな時のためにユカリが買いそろえていた置き傘があるのを菜々子は知っている。

「気をつけて」

外は暗いし、雷も近づいている。万が一にも雷に打たれることなどないと思うが、流は念のために声をかけた。

「はい」

めんどくさそうにため息をついているが、菜々子の行動は早かった。まるで、玲司を追いかける理由を探していたかのように。

菜々子は、傘立てから置き傘を二本引き抜くと、足早に店を後にした。

カランコロロン

菜々子がいなくなると、店内は静寂に包まれた。

聞こえるのは、窓の外の雨の音と、コチコチと柱時計が時を刻む音だけ。

柱時計を見つめていた流と沙紀が目配せをする。

時間は午後六時四十五分。

「今日こそは、きっと会えるわよ、雪華ちゃんに……」

沙紀がそう麗子に向かってつぶやいた時だった。

再び窓の外がフラッシュで照らされたように白く光った。

ブツン

と、店内の電気が消えた。

「あ……」

停電である。

少し遅れて、ドンと大きな雷の音が響いた。

停電の復旧には数分から数時間かかると言われているが、雷の落ちた場所によって時間はまちまちである。

「落ちたか……」

「真っ暗ね」

暗闇の中で流と沙紀があわてることもなく言葉を交わした。まるで停電が起きることを待っていたかのように。

急に暗くなったせいで、目が慣れず、お互いの姿はまったくといっていいほど見えない。ただし、衣擦《きぬず》れの音や、靴音などで自分以外の人の気配を感じることはできる。

不意に、人の気配が一つ増えた。

厳密に言うと、現れた。

菜々子が戻ってきたわけではない。

その気配は、さっきまで黒服の老紳士が座っていた席から感じる。

老紳士には人としての気配はない。トイレに行く際、立ち上がっても衣擦れの音すらしない。

その上、移動する時でさえも、足音一つ立てることはない。なぜなら、老紳士は幽霊だからだ。

今、老紳士がいた席から、明らかに人の気配がする。

誰かが、過去か、未来からやって来たということになる。

「……お姉ちゃん」

「え？」

麗子はその声を聞いて、あわてて声のした方向に顔を向けた。

その瞬間、パッと明かりが元に戻る。

「ついた」

流が小さな声でつぶやいた。

「お姉ちゃん」

麗子の目は、その声の主《ぬし》に釘付《くぎづ》けになっていた。

「雪華……?」

例の席に現れたのは亡くなったはずの麗子の妹、雪華である。青白い顔をした麗子に比べ、雪華の表情は明るい。背筋をピンとのばし、まっすぐに麗子を見つめる目には生気がみなぎっている。

「雪華……なの?」

麗子が言いながら、ゆっくり席を立った。声も震えている。

「そだよ」

対して、雪華の声は軽い。二人の間には、はっきりとした温度差があった。

麗子の前に現れた妹は、白昼夢の中の妹と同じく、無邪気でくったくがない。

「待った? ごめんね、遅れちゃって……」

雪華はぺろっと舌を出して、はにかんだ。

その口調は、まるで、あの日の続きのようである。

「お姉ちゃん?」

「本当に、雪華なの?」

「どうしたの? 鳩《はと》が豆鉄砲食ったような顔して?」

雪華は不思議そうに首をかしげて、麗子の顔を覗き込んだ。

(これは、夢?)

麗子は頭が混乱し、言葉を失っている。

「お姉ちゃん?」

雪華が心配そうに声をかける。麗子はあわてて、

「そ、そう?」

と、笑顔を返した。うまく笑えなかったかもしれない。

しかし雪華は、そんな麗子の戸惑いなどお構いなしで、

「うわ! 外すご! 紅葉すご!」

と、気付くと窓の外に見えるライトアップされた燃え立つような紅葉を見て興奮している。

その無邪気なさまは、生前の雪華そのものだった。

「きれいだね?」

「そ、そうね」

麗子はかろうじて、そう答えた。麗子の頭は、なぜそこに突然妹が現れたのか、理解が追いつかずに混乱していた。

「なんか、心こもってなーい」

雪華は、そう言って口を尖らせた。

「そ、そんなことないでしょ?」

麗子は戸惑いながらも平静を装って、雪華のそばに歩み寄った。

手をのばせば届く距離まで来ると、

「……お姉ちゃん?」

そう言って、雪華が麗子の顔を覗き込んだ。

「なに?」

「顔色悪い?　大丈夫?」

「そ、そう?」

「うん」

「ここ、暗いからでしょ?」

「そっか」

何も変わらない。あの日と変わらない妹がいる。

お調子者で、愛嬌《あいきょう》があって、人懐っこい。
しかも、優しくて、人の心配ばかりして、いつも笑っている妹がいる。
麗子はその姿をじっと見つめながら、ようやく、一つだけわかった。
(この子は、過去からやってきた)
なんのために？　どういう理由かはわからない。
雪華の表情からは何も読み取れなかった。
雪華はカップを手にとり、コーヒーをすすると、
「にが……」
と、顔をゆがめて舌を出した。
でも、どんな理由であれ、目の前に死んだはずの妹がいる。
コーヒーの苦さに顔をゆがめる、そんな仕草一つとってみても愛《いと》おしい。
もう二度と見られないと思っていたのに……
雪華は、流に向かって、
「……あの」
と、手をあげた。
「はい？」

流が答える。

「ミルクありますか?」

「あ、すみません、今、お持ちしますね」

流はそう言って、一旦、厨房に消えた。

麗子は考えた。

(雪華は死んだはず……)

そんな想《おも》いは、麗子を睡眠不足と疲労で混濁した夢うつつの世界から、現実へと一気に引き戻した。

(死んだけど……)

信じたくなかった。認めたくなかったのだ。

自暴自棄になった大人が酒に溺れるように、麗子は眠らないことで現実のつらさから逃げようとしていた。自分をいじめることで、妹を失った心の痛みをごまかしてきたのだ。

しかし、今、目の前に現れた雪華は夢でも幻でもない。それだけはハッキリと理解できる。

本物の妹を見間違えるはずがないのだ。

妹を失い、失意の底で白濁していた意識がだんだんハッキリしてきた。

(もしかして……)

麗子の頭に、ある仮説がよぎる。

雪華は、生前となにも変わらない。ということは、雪華は、

（自分が死ぬことを知らずに、ここにいる）

ということではないのか？

十分に考えられることだった。未来のことなど、誰にもわからない。ここにいるのが入院前の雪華なのだとしたら、自分が病気で入院することも、まして病死することも知らないかもしれない。


「どうぞ」

流がミルクポットを持って戻ってきた。

「うお……」

差し出されたミルクポットには目もくれず、雪華は目の前に立つ流を見上げて目を丸くした。

流たちが来函《らいかん》する前に亡くなった雪華は、初対面となる。身長二メートルもある流に見下ろされて、雪華は内心のドキドキが隠せなかった。

「あ、ありがとうございます」

好奇心丸出しで目を輝かせながら、雪華はぺこりと頭を下げた。こんなに大きな男の人を見

るのは初めてなのだ。
麗子は、そんないつも通りの無邪気な雪華の反応を見て確信した。
（この子は、自分が死ぬことを知らない）
自分が死ぬことを知っていて、こんなに明るくふるまえるわけがないからだ。
（でも、じゃ、雪華はなんのために過去からやってきたの……？）
麗子の頭に疑問が残る。
わからない。
でも、一つだけはっきりしていることがある。
（雪華に、自分が死んだことを悟らせてはいけない）
麗子の頭の中で、

カチリ

と、スイッチの入る音がした。
（私も雪華と同じく、いつも通りの姉としてふるまう）
やるべきことを自覚して、麗子の目に生気が戻ってきた。

「雪華」

「ん？　なに？」

雪華はミルクと砂糖を加えたコーヒーを混ぜながら答えた。

「あんたの彼氏は？」

あの日の続きなら、これでいい。これが自然な会話なのだ……

「え？　えっとぉ……」

雪華は目をクリクリさせて、語尾をだらしなく伸ばした。

「その反応……」

雪華がなにかをごまかす時にする癖。

「あんた、まさか別れたとか言うんじゃないでしょうね？」

「わかる？」

「わかるわよ！」

（これか！　これを言いに過去から来たの？　でも、それなら別に未来に来る必要はないよね？）

そんなことを麗子が考えているとも知らずに、雪華は肩をすくめながら、

「さすが、お姉ちゃん！」

と、おどけてみせた。

「なによ？　せっかく楽しみにしてたのに？」

（違うの？）

「いいのよ、あんなヤツ」

「簡単に別れちゃだめでしょ？」

「簡単じゃありません」

雪華は頬をふくらませる。

麗子は、未《いま》だに雪華が何をしに来たのかわからないままだった。

でも……

（こんなたわいもない会話を交わせることが、こんなにも、こんなにも幸せだったなんて……）

そして、気づかされる。

それは、雪華も同じなのだと……

（この子は、私がマモルさんと別れたことを知れば、きっと悲しむに違いない。私があんたの幸せを願うように……。マモルさんとの結婚を一番喜んでくれてたのは、この子だったから……）

「どうだか……」

そう言って、麗子も頬をふくらませて見せた。何度も、何度も小さな時からくりかえしてきた姉妹のやりとりである。

でも、もう、後戻りはできない。

(ごめんね、ごめん、私、もうマモルさんとは……)

麗子は、ここで泣くまいとゆっくりと瞳を閉じた。

雪華は、コーヒーが冷めきる前には過去に戻らなければならない。それは、麗子でも知っているこの喫茶店のルールである。

(それなら、それまでは、最後の別れまでは姉としてふるまいたい。この子に、雪華に心配だけはかけたくない。たとえ、嘘をついてでも……)

麗子は、ぎゅっと強く拳を握り込んだ。

大きな深呼吸を、雪華に悟られないようにする。

息をゆっくりと吐いて、

「私はあんたと違って、ちゃんとマモルさんとはうまくやってるのに……」

と、なるべく声が震えないように告げる。

(大丈夫、うまく言えたはず……)

「本当に？」

（悟られてはいけない）

「本当よ、来月、結婚式あげることになってるんだから、あんただって……」

（悟られちゃダメ……）

「あんただって、出てくれるんでしょ？」

（泣いちゃダメ）

でも、視界は揺れる。

（なんで、なんで死んじゃったの？）

「結婚式、出てくれなかったら一生恨むわよ？」

麗子は、そう言って精一杯の笑顔を雪華に向けた……

「……うん」

つもりだった。

麗子の目を見つめる雪華の目から、一筋の涙がこぼれ落ちた。


ブツン……

その瞬間、再び店内が真っ暗になった。何も見えない。

「またか……」

流がつぶやいた。

電信柱などに雷が落ちて停電した場合、その落雷した地域、電信柱を特定するために、何度か停電が繰り返されることがある。

「……雪華？」

（今の涙は？）

「あー……、ダメだ。お姉ちゃん、嘘が下手すぎるんだもん」

すねたような雪華の声だけが暗闇に響く。

「やっぱ、こうなっちゃったかぁー」

「え？　なに？　なんなの？」

「お姉ちゃん、マモルさんと別れちゃったんでしょ？」

（え？）

「別れてない、別れてないよ、なんで？」

「うそ」

「本当だって！」

「じゃ、なんで泣いてるの？」

「泣いてないでしょ？」

「泣いてるよ」

「何言ってるの？　こんな暗闇で私の顔なんて見えないくせに」

「見えるよ」

「え？」

「お姉ちゃんの顔なんて見えなくても、私にはわかる。お姉ちゃんの心が……」

「雪華……」

「ごめんね、私のせいで……、私が死んだせいで……」

（何を言ってるの？）

「雪華……？」

声をかけても、暗闇で何も見えない。

「あーあ……」

静寂の中、柱時計の時を刻む音に混じって、雪華のすすり泣く音が聞こえてきた。

「絶対、絶対泣かないつもりだったのに……ダメだなぁ……」

「雪華……」

「私ね、病気なんだって……一か月もたないって……こんなに元気なのに信じられないよね？　でも、そうなんだって……」

もう、何が何だかわからない。

麗子の感情は、ぐちゃぐちゃになって、何も考えられなくなったが、これだけははっきり理解した。

（この子は、自分が死ぬことを知っている）

「なんで？　なんであんたが死ななきゃいけなかったの？」

「そうだよね？　私もそう思ったもん」

「雪華……」

「でも、不思議なの。死ぬことはそんなに怖くないの……」

（そんなはずない！　じゃ、なんであんたは泣いてるのよ！）

でも、それは言葉にならなかった。言葉の代わりに、麗子の目からは、ただただ涙だけが溢れてきた。

「私が怖いのは……」

雪華は、そう言って、一度、大きく洟《はな》をすすると、

「手術をしても助かる見込みはないと……」

雪華が医師から自分の病気について説明を受けたのは、今年の初夏のことだった。函館にしては、めずらしく蒸し暑い日の夕刻である。

「まったくないわけではありません。ただ、症例の少ない病気ですので、我々も最善を尽くすとしか……」

「……わかりました」

「ご家族には……」

「言わないでください」

「でも……」

「言うべき時がきたら、私の口からちゃんと伝えますので、今は……」

「わかりました」

麗子には、肺に影が写っているので、検査のためにベッドが空き次第入院する、と説明してもらうことにした。

「大丈夫だよ、心配しないで」

と、雪華は笑顔でふるまったが、麗子の動揺は予想以上に激しいものだった。体調の善し悪《あ》しをしつこく聞かれ、少しでも疲れた顔を見せると、麗子の方が具合が悪いんじゃないかと思うほど顔を青くした。

その異常さに気づいたのは沙紀である。


「全般性不安障害？」

雪華は聞きなれない病名に眉をひそめた。

沙紀は毎朝出勤前にこの喫茶店でモーニングを食べ、仕事終わりにはコーヒーを飲みにくるほどの常連客で、雪華とはかなり前から面識があった。当然、麗子のことも知っている。その沙紀が麗子の行動を見て、雪華に声をかけたのである。

「確かに、お姉ちゃんは昔から心配性なところはありますが、それとは違うんですか？」

「明確に区別することは難しいけど、その不安が治療対象になり得るかどうかが線引きになるわね」

「治療対象？」

「出かけたときに、鍵を閉め忘れたかどうか心配になることは誰にでもあるわよね？」

「はい」

「でも、この病気は身の周りに起こる出来事に対して大きな不安を感じて、それが本人にとって大きな苦しみだったり、寝られない、食べられないなどの影響が出はじめるのが問題なのよ」

雪華の心拍数が跳ね上がる。

「原因やきっかけも様々なんだけど、麗子さんの場合はご両親が事故死していることに原因があるんじゃないかと思うのよね」

「どういうことですか？」

「つまり、いつ、何時《なんどき》、人はどんな理由で死ぬかわからない、という漠然とした不安がずっと麗子さんにまとわりついている。おまけに、責任感の強い麗子さんは、姉として雪華ちゃんを母親、父親がわりに育てなければならないという強い使命感がある」

沙紀の言っていることは、いちいち、的を射ている。

「今回の入院だって、ただの検査入院なんでしょ？　それを過大に心配して、死んじゃったらどうしよう？　自分にできることはないのか？　と考えすぎて心身に支障が出てしまうと、治療が必要になるのよ」

雪華は、まだ、自分の病気のことを沙紀には話していなかった。だが、これほど的確に麗子の状況を言い当てられてしまうと、黙っているわけにはいかない。

「……先生、あの、実は」

雪華は、すべてを正直に話した。手術がうまくいかない場合、自分の命は一か月持たないだろうということを……。

「麗子さんに……」

「言えません」

「気持ちはわかるけど」

「死なないかもしれないけど、私が死ぬかもなんていったら、お姉ちゃん……」

どんなに悲しみ、苦しむか想像するだけで雪華の心は締め付けられる。自分のことで一番大切な人がつらい思いをするのは誰でも見たくはないものだ。

まして、

(死ぬかもしれない)

という言葉は、自分と相手の心をズタズタにしてしまうだろう。

「死ぬのが怖くないって言ったら嘘になるけど、それ以上に怖いのは、お姉ちゃんが、お姉ちゃんが私の死が原因で笑わなくなるのが怖い……」

「雪華ちゃん」

「せっかく、せっかくマモルさんと結婚するって決めて、お姉ちゃんの幸せはこれからなのに、私が駄目にしてしまうなんて……」


「だから、笑って……」

停電で真っ暗闇の中響く雪華の声に悲愴《ひそう》感はない。姉の幸せだけを願って、命の限り明るく振る舞う妹の声。麗子には、その声を、その思いを無視することはできなかった。

「まさか、それを言うために過去から来たの?」

「そだよ、それ以外、なんにもないよ」

「雪華……」

「私は、私が死んでも、お姉ちゃんには笑って生きてほしい! お姉ちゃんの幸せな姿を、私はずっと見てるから」

極力、我慢しているのだろうが、わずかに雪華が洟をすすりあげる音が聞こえる。


――

「私もあと半月……、笑って生きる」

「雪華」

「ね？」

「雪華」

「わかった？」

「雪華」

「返事」

「わ……」

「ん？」

「わかった」

「よし！」

その声を聞くだけで、たとえ真っ暗闇で何も見えなくとも、麗子の目には、お調子者で、愛嬌があって、人懐っこくて、優しい、人の心配ばかりして、いつも笑っている雪華の笑顔がはっきりと思い浮かんだ。

「雪華……」

そして、麗子は気づく……

（私は、間違っていた）
と。
逆の立場だったら……
（自分が死ぬのは怖くないけど、そのことで雪華が悲しむ姿は絶対に見たくない）
からだ。
そして、それは、そっくりそのまま雪華の思いと同じなのだと……。
麗子は気づく。
（雪華が死ぬという現実を変えることはできない……）
（でも、雪華を悲しませない生き方はできる！）
麗子の目からは大粒の涙がこぼれた。
同じ思いの姉妹。
そして、麗子は理解した。
（逆の立場だったら？）
自分が死んで、自分の死で妹が不幸になるのを一番悲しむのは……
（間違いなく、私）
だから、

（投げ出してはいけなかった、雪華が喜んでくれたマモルさんとの結婚を……）

（不幸になってはいけない、妹のためにも……）

麗子は雪華の思いを噛《か》みしめるようにぎゅっと目を閉じた。

それでも、あふれる涙は止まらなかった。

麗子は、

（こんな顔、あの子に見せられない。私は「笑って生きて」と願う妹のためにも泣いてはいけないんだ。もし、今、明かりがついても大丈夫なように、笑ってなくちゃいけない！）

と、必死に涙を拭った。

その時、

カチャリ……


と、雪華の座る暗闇の先で、カップがソーサーの上に置かれる音が響いた。その音が何を意味するのか、麗子にはすぐわかった。雪華がコーヒーを飲みほしたのだろう。

（もう、そんな時間⁉）

「雪華っ！」

私の妹……

「お姉ちゃん」

無邪気で、愛嬌があって、優しい妹……

「雪華……」

「大好きな、大好きな、お姉ちゃん」

私の心配ばっかりしてたけど……

「絶対、絶対……」

いつも笑顔の妹……

「幸せになってね」

雪華……

「約束だよ?」

「わかってる」

麗子は精一杯の笑顔で答えた。

何も見えない真っ暗闇である。溢れる涙が止まったわけではない。それでも、精一杯の笑顔を麗子は雪華に向けた。

(私は大丈夫)

そんな思いを込めて。

きっと、麗子の「心」に雪華の笑顔が見えたように、たとえ真っ暗闇であっても、雪華の「心」にも麗子の笑顔が見えたに違いない。

最後に、

「……うん」

と、雪華の小さな返事が聞こえて、人の気配が消えた。

静寂が戻って来た。

窓の外の雨音と、柱時計の時を刻む音だけが聞こえる。

「……雪華？」

麗子の呼びかけに、返事はない。

チリ

しばらくして、明かりがついた。

しかし、例の席にはもう雪華の姿はなかった。代わりに黒服の老紳士が座っている。まるで、ずっとその場にいたかのように動かない。

「母から」

流が麗子の背後から、ささやいた。

「こんなハガキが届いたんです」

そう言って流は、振り向く麗子にメモ書きのされたハガキを手渡した。そのハガキにはこう書いてある。

来たる　十月二十八日　午後六時四十七分
布川雪華という子が現れるから、姉の麗子さんを待機させておくこと。
なお、くわしいことは村岡先生に聞くように。

七月二十八日　ユカリ

日付は、ユカリが渡米した直後と思われる。消印はWEST HARTFORD.CTとなっている。ウエストハートフォードはアメリカ合衆国のコネチカット州ハートフォード郡中央部に位置する高級住宅街の多い町である。この喫茶店を訪れた少年の行方不明になった父親を探す旅先から送ってきたのだろう。

麗子はハガキから沙紀へと視線を走らせた。どういうことですか？　と、目で訴えている。

沙紀は、小さなため息を漏らした。

「未来に行くって聞かされた時は、正直、びっくりしたわ」


「先生の判断でいいんです。もし、お姉ちゃんが、私が死んで三か月経ってマモルさんと別れていたら、ここに呼んでほしいんです」

閉店後の喫茶店で、雪華は深く頭を下げた。

突然の申し出に、さすがの沙紀も困惑気味であったが、迷いのない雪華の表情に首を縦に振るほかなかった。側《そば》に控えるユカリは、その表情を見る限り、雪華が未来に行くということをすでに納得しているようだ。

だが、不安材料がないわけではない。

「それはいいんだけど、それって本当に会えるものなの？」

沙紀も、この喫茶店の常連客である以上、ルールのことはよく知っている。せっかく、雪華が未来に行っても、その場に麗子がいなければ会うことはできない。おまけに、雪華が亡くなったあと、麗子の精神状態がどのようになっているかも想像できない。ひどい場合には、後追い自殺という可能性がないわけでもないことを仕事柄想像しないわけにはいかなかった。

「私の立場から言わせてもらえば、本当はちゃんと麗子さんに雪華ちゃんの病気のことを正直に話して、麗子さんにも麗子さんの病気のことをちゃんと自覚してもらうのがいいと思うんだけど……」

専門医の沙紀のもっともな意見である。

この喫茶店の存在を知らなければ、本来、未来に行くなどという選択肢はない。

それに、ちゃんと話せば、雪華が心配しているほど麗子の精神状態は悪化しないかもしれない。多くの人が、身内の不幸な死を乗り越えて生きているのも沙紀は知っている。であるならば、ここは賭けのような「未来」に希望を見出《みいだ》すのではなく、麗子の現実を変える方が道理であると言いたいのだ。

しかし、そう言われるのは雪華もわかっていたのだろう、顔色を変えることなく、小さくうなずくと、

「わかっています」

と、つぶやいた。

つぶやいて、こう切り返した。

「これは私の個人的なわがままですけど、本当はお姉ちゃんのことを思えば、先生の言うことが一番いいのかもしれない。でも、私は、私が病気で死ぬかもしれないことを聞かされて悲しむお姉ちゃんを見て死にたくない。一日でも多く、お姉ちゃんとは笑顔でいたい。お姉ちゃんには、本当に申し訳ないんだけど、私は、私の病気のことをお姉ちゃんに知られたくない、知らせたくないんです。でも、私が死ぬことでお姉ちゃんが不幸になるのも耐えられない。だから、先生、もし、お姉ちゃんがマモルさんと別れていたら、私がこれから行く未来にお姉ちゃんを連れてきてほしいんです。私がなんとかします！　なんとかしてみせますから！」

雪華の想いに、沙紀は言葉を失ってしまった。

「いいじゃない、行かせてあげれば？」

そう言ったのは、この喫茶店の店主、ユカリだった。

「雪華ちゃんは、もうわかってるのよね？　自分が死んだら麗子さんがどうなっちゃうのか？　姉妹だもん、わかるわよ。じゃ、きっと、どうすればいいのかも、きっと雪華ちゃんだけがわかってるのよ、ね？　そうでしょ？」

「はい」

雪華は、大きくうなずいた。

「……わかった。私は責任取らないからね」

観念して沙紀は吐き捨てるようにつぶやいた。

だが、雪華が未来に行って、それでも麗子が雪華の望む結果を得られなかったとしても、沙紀は全力で麗子の治療にあたってくれるだろう。そんなことは確認しなくても雪華にはわかっていた。

だから、雪華は、

「ありがとうございます」

と、小さく頭を下げた。

「じゃ、いい？」

ユカリが、銀のケトルを構える。

「はい」


「コーヒーが冷めないうちに……」

「私には、反対することができなかった」

沙紀は申し訳なさそうにつぶやいて、

「たとえ、あなたがどんなに苦しむことになったとしても……」

と言って、麗子の目をまっすぐに見て涙を流した。

沙紀にとっても苦渋の選択だったのだろう。もし、精神科の医師じゃなかったら、こんなにも迷わなかったのかもしれない。それは、雪華の「想い」と麗子の「病状」を天秤《てんびん》にかけてしまったことへの自責の念である。結果、苦しむかもしれない麗子よりも、雪華の「想い」を優先してしまったことを詫《わ》びている涙であった。麗子に責められても仕方がない。

だが、麗子は、

「これでよかったんです」

と、優しく沙紀に声をかけた。

「大好きなあの子の笑顔を、もう一度見れたから……」

麗子の目からも大粒の涙がこぼれ落ちたが、その目には生気が満ちていた。

この数か月の間、虚ろだった焦点の定まらない目は、もうない。これから、どう生きるべきかをしっかりと見据えた希望に満ちた目であった。

いつの間にか、雨は止《や》んでいた。

窓の外に星も見えはじめている。

麗子は沙紀と流にていねいに頭を下げ、店を後にした。

カラン、コロン……カラン

静かにカウベルの音が響いた。

「大丈夫ですかね？」

流は立ち去る麗子の後姿を目で追いながらつぶやいた。

「そうね、すぐによくなるなんてことはないかもしれないわね」

沙紀はそう言って、窓の外に視線を走らせた。

「実際、雪華ちゃんがいないという現実は変わらないわけだし、そのことで麗子さんの悲しい気持ちとか、寂しい気持ちが無くなるわけじゃないでしょ？」

流は、ふぅと長いため息をつくと、

「ですよね」

と、つぶやいた。まさしく、自分が懸念していたことを沙紀に指摘されたからである。

しかし、沙紀は悲観的な意味でそう言ったのではなかった。

「でも、雪華ちゃんと交わした約束は、昨日まで真っ暗闇にいた彼女の足元を照らす灯《あか》りになった。だから、雪華ちゃんが亡くなった現実は変わらないけど、麗子さんの未来は大きく変わるんじゃないかしら？」

雪華の照らす灯りは、麗子を幸せへと導いている。そして、その灯りは亡くなった雪華をも幸せに導く灯りなのである。なぜなら、麗子の幸せは、そのまま雪華の幸せでもあるのだから。

「……確かに、そうですね」

流はうなずきながら、自分の妻、計《けい》のことを思い出していた。

計は生まれつき体が弱かった。ゆえに、ミキを身籠《みごも》ったとき、医者からは出産に体が耐えられないと告げられた。産めば間違いなく死期を早めることになる。ゆえに、流でさえ口には出さなかったが「堕《お》ろす」ことを考えた。

もちろん、計に迷いがなかったわけではない。産むことは絶対で、死ぬことは怖くない。ただ、自分は母親として産むことしかできない。生まれてきた我が子が、寂しい時、悲しい時にそばにいることはできない。悩みを聞くこともできないし、助けることもできない。幸せになってほしい。だが、我が子の幸せを願えば願うほど、不安になる。怖くなる。体は限界に達していて、これ以上無理をすれば、お腹《なか》の子の命も危ない。

どうすることもできず、とにかく、無事に出産だけは迎えられるように入院を決意した日、計の目の前で例の席が空いた。まるで、計の心の叫びに呼応するかのように……。

開店以来、この席は「過去に戻れる席」と言われてきたが、実は未来にも行くことはできる。ただし、実際に未来に行く客はいなかった。なぜなら、行きたい日には行けても、そこに会いたい人物がいるかどうかは誰にもわからない。しかも、コーヒーが冷めきるまでの短い時間である。たとえ、その日に会う約束をしていたとしても、何らかの都合で遅れることもある。会える確率は相当低い。


雪華が麗子に会うために移動した時間は、四か月ほどである。まわりの人間が協力すれば、なんとか時間を合わせることも難しくはないのかもしれない。

対して、計がミキに会うために指定した時間は、十年後だった。実際には間違えて十五年後に来てしまったが、そういった間違いすらある。未来で会いたい人に会うというのは、それだけ予測がつかないということなのだ。

それでも、流は電話で計が間違えて十五年後に来ていることと、目の前にいる少女が自分たちの娘であることを告げることで、計を無事にミキに会わせることができた。

「私は生まれてきて、本当に良かったと思ってる」

そのミキの言葉は、産むことしかできないと自分を責めていた計にとって、大きな心の支えとなった。もし、その不安を抱えたままなら、おそらく、計の体力は出産前に限界をむかえていただろう。

「産んでくれてありがとう」


そのミキの言葉、それ自体が「希望」という名のエネルギーを計に与えた。

人間には、本来、どんな困難をも乗り越えていける力がある。それは、万人が等しく持っているエネルギーなのだが、時として、そのエネルギーは「不安」という名の蛇口によって、その量を制限されてしまう。不安が大きければ、大きいほど、蛇口をひねる手に力が入らない。

力は「希望」によって強くなる。それは、未来を信じる力といっていい。

計は、ミキの言葉に未来を信じる力をもらった。

出産後、体は極端に弱ってしまったが、計に笑顔が絶えることはなかった。

麗子も同じように、雪華に「生きる希望」をもらったに違いない。自分が幸せになることが、そのまま妹の幸せであると気づかせてもらったのだから……。

沙紀が会計をすませて、店を後にしている頃、ゲリラライブに飛び出した玲司と、傘を届けに行った菜々子は二人で一緒に店に戻るところだった。玲司は途中からでも店の閉店作業を手伝うつもりだったし、菜々子は店にカバンを残していたからだ。

「きれい」

菜々子がつぶやいた。

見上げると、満天の星である。先ほどまでの雨のせいで、空気も澄んでいる。こんな日には函館山頂上から見る夜景もさぞかしきれいだろう。

その函館山から見る夜景にはいくつかのエピソードがある。

一つは、ジンクスで「函館山の夜景を見ながらプロポーズすると別れる」というもの。こういった類《たぐい》のジンクスは全国各地にある。東京では有名な井《い》の頭《かしら》公園の池でボートに乗ったカップルは長続きしないというものや、宮城県の松島にある福浦《ふくうら》橋は恋人同士で渡ると別れるというもの。また、カップルと参拝すると別れるというジンクスがあるのは、神奈川県の鎌倉にある鶴岡《つるがおか》八幡宮で、源《みなもとの》頼朝《よりとも》に義経《よしつね》との仲を引き裂かれた静御前《しずかごぜん》の怨念説、または嫉妬深い北条政子《ほうじょうまさこ》のやきもちなど様々な説がある。函館山のそれも同じようなものなので、ある意味、観光スポット扱いされている感がある。

もう一つは、函館山から見える夜景の中にハートが隠れているというもの。これは、諸説があるのだが、先ほどのジンクスのように「三つ見つけると幸せになれる」とか、「願いが叶《かな》う」という付録もある。とはいえ、出どころは確かではない。

地元民の玲司と菜々子なら、函館山のジンクスも知っているのかもしれないが、玲司は函館の夜景も、きれいな夜空にも興味がなさそうだ。菜々子とは横並びにならず、少し前を歩いている。

喫茶店は山の中腹に位置しているため、振り返れば函館山ほどではないが、街の灯りが一望できる。恋人同士であれば、ロマンチックな道中になるのではないだろうか……。

だが、二人の話は、『一〇〇の質問』を本当に玲司が全部覚えているのかに及んでいた。ロマンチックさのかけらもない。

「じゃ、三十五問は?」

「借りていたものを返すか、返さないか」

「じゃ、五十一問?」

「一千万円の当たりくじを換金するか、しないか」

「九十五問！」

「結婚式をあげるか、あげないか」

「本当に全部覚えてるのね？」

「まーな」

「すごい」

「ネタを覚えんのと同じだよ」

「大学、まじめに行ったら？」

いい成績を修められるのではないか、と。幼馴染である菜々子は、玲司が中学、高校と常に成績優秀であったことも知っている。芸人を目指すのは大学を出てからでいいんじゃないか、という意味も含んでいる。

「意味ない」

「なんで？」

「オーディションに受かったら、俺はすぐにでも上京したい。だから、今は働けるだけ働いて金を稼いでおきたい」

玲司の答えを聞いて、菜々子はほんの少し歩く速度を遅めた。

喫茶店は、もうすぐそこである。

「玲司」

菜々子が、足を止めて呼びかけた。

夜風が頬に心地よい。

「……ん？」

呼ばれて、玲司は振り向いた。

街の灯りと燃え立つ紅葉の中に菜々子の新作の口紅が映える。

玲司の胸が再びざわつきはじめた。

「あのさ……」

菜々子が、なにか言いかけた、その時であった。


ピロリロ、ピロリロ……


玲司の携帯が鳴った。メールの着信音である。

だが、玲司は携帯を取り出そうとはしなかった。菜々子の次の言葉が気になって、心がざわめいている。

「……なに？」

そう言う玲司に、菜々子は、

「あ、いいよ」

と、携帯に出ることをすすめた。自分のことは後でいいよ、と。

やり取り自体はいつもと変わらない。玲司の心のざわめきをのぞけば……。

玲司は、携帯をポケットから取り出して、メール画面を開いた。菜々子は玲司がメールを読んでいる間、函館の街の灯りを見下ろしていた。

ポツリ、ポツリと紅葉を照らしていたライトが消えていく。

菜々子は、今になって鈴虫がリンリンと静かに鳴いていることに気づいた。なんとも、寂しい、消え入りそうな鳴き声であった。

(鈴虫ってこんな鳴き声だっけ?)

そんなことを菜々子が考えていると、玲司が、

「え?」

と、声をもらした。

菜々子の心がざわざわする。

虫の知らせ、とでもいうのであろうか……

「どうしたの?」

菜々子は、その場から動かなかった。ただ、数メートル離れた玲司に遠くから覗き込むようにして声をかけた。

「受かった」

玲司の声が遠い。

「なに？」

「この前、東京で受けたオーディション……」

玲司は信じられないという風に目を丸くしていたが、そうつぶやくと、

「やったーっ！」

と言って、その場で大きく跳ねあがり、菜々子に向かってなにやら口早に言ったかと思うと、喫茶店に向かって駆け出していた。

菜々子はその後のことをよく覚えていない。

覚えているのは、リンリンという、鈴虫の鳴き声と、

「おめでとう」

を、言い忘れたことだけだった。

第四話

「好きだ」と言えなかった青年の話

この年の函館《はこだて》の初雪は十一月十三日で、平年より十日ほど遅かった。

雪は晴天の空からはらはらと降ってきた。

俗にいう、

「風花《かざはな》」

である。

読んで字のごとく、風に舞う花びらのように降ってくる。

喫茶店の窓からも、青い空と、紅葉の赤に雪の白とで、色鮮やかな美しい景色を楽しむことができた。


カラン、コロン……


カウベルを鳴らして入ってきたのは布川麗子《ぬのかわれいこ》だった。

麗子は妹の死を受け入れられず、睡眠障害を起こし、先月まで精神的に不安定な時期が続いていた。だが、過去からやって来た妹と交わした「笑って生きる」という約束をきっかけに病状は好転する。今は顔色も良く、ガラガラとキャスター付きの旅行鞄《かばん》を引きずって現れた。

「いらっしゃいませ」

そう言って、麗子に声をかけたのは時田幸《ときたさち》である。

幸は、この喫茶店で働く時田数《ときたかず》の娘で、今年で七歳。過去に戻りたいとやってくる客にコーヒーを淹《い》れる役目を担っている。本を読むのが好きで、休みの日には一日に三冊以上読むことがある。読む本のジャンルは様々で、大人でも理解できない難しい内容のものを読むこともある。夏休み中は、宇宙や哲学の本を好んで読んでいたが、今は海外ミステリーと経済学、そして、

『もし、明日、世界が終わるとしたら？　一〇〇の質問』

というタイトルの本にハマっている。この本はここでアルバイトをしている小野玲司《おのれいじ》が持っていたもので、現在二〇〇万部を突破したベストセラー本である。

内容は、タイトル通りで、明日世界が終わるという設定で一〇〇項目の質問を二択で答える。ここ数か月、幸はこの本の中の問いを、訪れる常連客に質問して、答えてもらうというやり取りを楽しんでいた。

その幸が、カウンターに一人で腰掛けている。

麗子は店内を見回して、不思議そうに首をかしげた。平日のランチタイム終わりの時間であれば、店内に客がいないのは珍しいことではない。だが、いないのは客だけでなく、幸のほかは、カウンターの中で仕事をしているはずの数の姿もなければ、店主代理の時田流《ときたながれ》や玲司の姿

も見えない。

「さっちゃん、一人？」

ガラガラと旅行鞄を引きずりながら、麗子はカウンターに腰掛ける幸のそばまで寄った。

「……う、うん」

幸は目をくりくりさせながら答えた。

「お母さんは？」

数のことである。

「買い出し」

「流さんは？」

「流おじちゃんは下で電話中」

この喫茶店の階下は流たちの居住空間になっていて、そこにいるという意味でちょんちょんと指差した。

「……じゃ、玲司くんは？」

「東京」

「東京？」

「オーディション受かったから」

玲司が芸人を目指していることは亡くなった妹からもよく聞かされていたし、麗子も何度かネタを見せられたこともある。だが、麗子は玲司の披露するギャグを一度もおもしろいと思ったことはなかった。雪華《ゆきか》に言わせると、その「おもしろくないところが、おもしろい」と言うのだが、麗子には理解できない。いつも、愛想笑いをしてその場をやり過ごすしかなかった。

その玲司が東京のオーディションに受かったというのだから、複雑な気持ちになった。

「そ、そうなんだ……」

麗子は、それ以上、玲司のことについて詮索するのは止《や》めて、幸の隣に腰掛けた。もしも、話の流れで玲司のギャグがおもしろかったかどうかを聞かれでもしたら、どう答えるべきかわからない。

子供は時として、考えもなく返答に困る質問を投げかけてくることがある。この場に玲司がいないとはいえ、あいまいな返答をして、それを別の解釈で玲司に報告されたら困る。触らないに越したことはない。

「どこまでいった？」

「全部」

「全部？　すごいね？」

「うん」

睡眠障害の影響もあって過去からやってきた雪華に会う前の記憶は、ぼんやりとしたモヤのようなものに包まれて曖昧だった。それでも、幸たちが村岡沙紀《むらおかさき》や松原菜々子《まつばらななこ》たちと一緒にこの本で遊んでいたのは覚えている。

「楽しかった？」

「楽しかった！」

「私もやりたかったなぁ」

麗子は本心からそう思った。あの時は、そんなことに興味を示す余裕もなかったのだ。

「やる？」

幸の無邪気な声が響く。幸には、麗子が少し前まで妹の死を受け入れられず、全般性不安障害を患っていたことなど知る由もない。だから、幸にとっては麗子も単なる常連客の一人なのだ。

「じゃ、一問だけお願いしよっかな？」

麗子は時計を気にしながら、そう答えた。フライトの時間は迫っていたが、小さな思い出を一つ作るぐらいの時間はある。

「どれでもいい？」

「任せる」

「わかった」

幸は、嬉《うれ》しそうにパラパラとページをめくり、あるページでピタと手を止めた。

「じゃ、これ」

「はい」

「いきます」

「お願いします」

幸は質問を読み上げた。


あなたには今、最愛の男性、または女性がいます。

もし、明日世界が終わるとしたら、あなたはどちらの行動をとりますか？
①とりあえずプロポーズする
②意味がないのでプロポーズしない

この質問は、幸が前に菜々子たちに出したものであったが、麗子に聞くのは初めてである。

「さ、どっち?」

幸のキラキラとした目が麗子に向けられる。

麗子は戸惑いを隠せなかった。もし、あの日、雪華が会いにきてくれなかったら、間違いなく「②」と答えていたに違いない。

だが、今の麗子は違う。

「①、かな」

答えて、麗子は自分の中に明確な理由があることに気づく。

「なんで？」

幸の問いかけに、麗子は少し考えるような素振りを見せてから、

「一日だけでも幸せにならないと、妹に怒られちゃうのよ」

と、嬉しそうに返した。

麗子には、腕組みをしながら「うんうん」と、偉そうにうなずいている雪華の姿が見えているに違いない。雪華は麗子の心の中に生きているのだ。

「なるほど」

幸も満足そうにうなずいた。

コツコツと板敷きの階段を登ってくる靴音が聞こえて、階下から流が戻ってきた。

「あ、麗子さん」

「こんにちは」

「どうしたんですか？」

流は、そのまま麗子と幸の背後を回って、カウンターの中に入った。

「ここに来れば、先生に挨拶できるかと思って……」

「先生ですか？」

二人の言う先生とは、総合病院に勤務している精神科医の沙紀のことである。沙紀は麗子が全般性不安障害を患っている間の担当医であり、雪華が過去から麗子に会いにくるという計画を、陰で支えもしていた。

「はい」

「あれ？　会いませんでした？　さっきまでここにいたはずなんですが……」

流は、今、麗子が座っている席を見ながら首をかしげた。

「幸、先生は？」

「……知らない」

幸はなぜか不自然に本で顔を隠しながら答えた。

「おかしいなぁ」

見ると、カウンターの上には、幸のオレンジジュースと飲みかけのコーヒーが残っている。

直前までここに沙紀がいたことは間違いない。幸が何か隠している。

「幸っ」

流は肩をすぼめて縮こまっている幸を見下ろして、問い詰めるように語調を強めた。

「あ、いいんです」

「でも」

「本当に」

麗子は、笑顔で幸をかばった。

麗子も飲みかけのコーヒーには気づいていたのかもしれない。幸が何かを知っているとしても、むりやり問い詰めるほどの理由もないのだ。

麗子は、小さくため息をつく流を尻目に、カウンター席に座ったままくるりと体を老紳士が座る例の席に向けた。雪華と再会したあの日の記憶が蘇《よみがえ》る。

「なんだか、未だに信じられません」

麗子は独り言のようにつぶやいた。

「あの子が会いに来てくれたなんて……」

無理もない。この喫茶店のルールは知っていても、まさか、亡くなった妹が会いにくるなんて想像できることではない。店主である流でさえ、突然、目の前に亡くなったはずの妻、計《けい》が現ればびっくりするだろう。

「でも、そのおかげでこの土地を離れる決心もつきました」

そう言って、麗子は自分の旅行鞄に視線を落とした。

雪華と再会したのち、麗子はマモルとの復縁を果たした。復縁と言っても、終わったと思っていたのは麗子だけで、マモルは沙紀とも相談して距離を置いていただけだったのである。

「おめでとうございます」

復縁後、すぐに婚姻届を出したということも沙紀から聞いていたので、流はあらためて祝福の言葉とともに頭を下げた。

カランコロロン

数が戻ってきた。

幸の言った通り、買い出しに行っていたのだろう、手には買い物袋を二つぶら下げている。

「お母さん、おかえり」

幸が駆けよる。

「ただいま。これ、お願いできる？」

数はそう言って、手に持っていた買い物袋の一つを幸に差し出した。幸が受け取った袋に入っていたのは自分たちの生活に必要な食材や生活雑貨で、階下に持って行くよう目配せをした。

「はい」

幸は、元気に挨拶すると小走りで階下に消えた。

流は、

(うまく逃げたな)

と、鼻息を荒くした。

数は麗子の足元の旅行鞄に気づいて、

「あ、今日でしたよね?」

と、声をかけた。麗子がマモルとの結婚を機に函館を離れることも知っている。

「はい」

「どちらに行かれるんでしたっけ?」

「徳島です」

数は店で使う食材の入った買い物袋を、カウンター越しに流に手渡した。

「徳島といえば、うどん?」

受け取りながら、流も話に交ざる。

「はい」

「いいところですね」

「……夫の、故郷なんです」

ぎこちなく「夫」と口にする麗子を見て、流は目を細めた。

（本当によかった）

麗子の心の変化が言葉の端々に表れている。

流は、過去から雪華がやってくるまでの夢遊病者のような麗子を見てきただけに、感慨深いものがあった。

数が時計に目を向けて、

「これからですか？」

と、聞いた。飛行機の時間である。

「はい」

「寂しくなります」

数たちと麗子との交流は、数か月と短くはあったが、これは社交辞令ではなく、数の本心である。

人とのかかわりを極端に避けていた昔の数であれば、こんな言葉をかけることはなかっただろう。だが、十五年の間に数も母親になり、いろいろな心の変化があった。

流は、そんな一言にも、数の心の変化を感じ取って、

（本当によかった）

と、思う。人は、どんな困難な状況からでも、きっかけ一つでちゃんと立ち直れるのだと、
流は実感するのだった。


ふいに、麗子がカウンター席から立ち上がり、

「本当にありがとうございました」

と言って、深く頭を下げた。

「いえ」

直接、なにかをしたわけではなかったので、数は遠慮がちに笑顔だけ返した。

「先生に、伝言があれば伝えておきますよ？」

結局、最後の挨拶ができなかった麗子を気遣って、流が言った。

麗子は少し考えてから、

「……じゃ、お願いしていいですか？」

と、答えた。

「はい」

流は背筋をのばして、姿勢を正した。責任もって伝えます、との意思表示である。

麗子は流にではなく、流の背後の厨房《ちゅうぼう》に向かって、

「私も、幸せになります」

と、はっきりとした口調で告げたのち「……と、伝えてください」と、ついでのように付け加えた。

「も?」

一瞬、流には麗子が誰を指して「も」と言っているのかわからなかった。だが、それは次の麗子の言葉ですぐに納得することになる。

「私の幸せが妹の幸せだと気づかせてもらったので……」

亡くなった妹も一緒に幸せになる、という意味である。

「なるほど」

流は、細い目をさらに細めて嬉しそうにつぶやいた。

数も静かにほほえんでいる。

「では……」

麗子はていねいに頭を下げると、名残惜しそうに店を後にした。

カラン、コロロン……カラン……

カウベルがいつまでも、いつまでも寂しく響いていた。

「挨拶、されなくてよかったんですか？」

麗子がいなくなった頃合いを見て、流が厨房に向かって声をかけた。

「苦手なのよ、見送りとか……」

そう言いながら沙紀が厨房から姿を現した。麗子と顔を合わせたくなくて隠れていたことに流も途中から気づいていたようである。

「でも」

「会いたければ、いつでも会えるでしょ？」

伏し目がちにそう言って、元いたカウンター席に腰を下ろし、飲み残しのコーヒーに手を伸ばした。

もちろん、沙紀は麗子を嫌って避けたわけではない。おそらくは、麗子がこの地を去ることを沙紀自身が誰よりも寂しく思っているに違いない。しかし、函館を離れることは麗子が自分で決めたことである。笑って見送ってやりたいが、それができないことを悟って隠れたのだ。

沙紀は、冷めたコーヒーをズズッとすすりあげると、

「そういえば、ミキちゃん、元気だった？」

と言って、わざとらしく話題を変えた。別れのあとのしんみりした空気も苦手なのだ。

ミキとは流の娘のことである。

「あ……」

流の細い目が、大きく見開かれた。

「電話あったの？」

店で使う食材を厨房の冷蔵庫にしまって戻ってきた数が流の顔を覗き込んだ。

「あ、ああ」

みるみる、流の額から脂汗がにじみ出る。

「ミキちゃんに、なんかあった？」

「あ、いや、その……」

数が心配そうに声をかけると、流は口をモゴモゴさせて話しはじめた。

「ミ、ミキに……」

流の声は荒い鼻息でよく聞き取れない。

「え？　なに？」

と、沙紀が耳に手をかける。

「ミキに、か、彼氏……」

「彼氏？」

「ミキに、か、彼氏が、で、できたって」

漫画のように右眉をピクピクさせながら話す流の言葉を聞いて、数と沙紀が顔を見合わせる。

沙紀は思わず、ブッと吹き出す。

「めでたいじゃない？」

「めでたくないです！」

流の必死の返答に、沙紀は腹を抱えて笑いだした。

「ミキちゃんて何歳だっけ？」

「じゅ、十四歳です」

「え？　同じ学校の子？」

「聞いてません」

「どっちから告白したのかな？」

「知りませんよ」

「イケメンかな？」

「イケメンならなんでもいいってわけじゃないでしょ！」

「何もそんなに怒らなくたっていいじゃない？」

「怒ってません」

「それにしても、ミキちゃんもやるわね？　お父さんのいない間に彼氏作っちゃうなんて……」

　あからさまに沙紀は流をからかって楽しんでいる。

　流は流で、顔を真っ赤にして、

「ちょ、ちょっと、もう一回、電話してきます」

と言って、ドスドスと足を踏み鳴らして階下に姿を消してしまった。

　数分前の電話では、流は流なりに考えて、聞き分けのいい放任主義の父親を演じて何も聞かなかった。だが、沙紀から言われた「お父さんのいない間に彼氏作っちゃうなんて」という言葉を聞いて、急に放任主義でいることが不安になったのだ。

「あはは、かわいいとこあるのね、流さんて……」

　沙紀は流をバカにしているのではない。そうやって、家族や親しい友人について一喜一憂する姿をさらけ出せることを羨ましく思っているのである。麗子とのことだって、寂しさを堪《こら》えずに素直に最後の挨拶で涙を流したっていいのである。でも、それができない自分をよく知っている。流のことをかわいいと言っているのは、自分も本当はそうありたいという気持ちの裏返しなのだと、沙紀は自分で言って、自分で気づいた。

だから、ふぅと、ため息を漏らしながら、

「うらやましい」

と、つぶやいた。

「そうですね」

数はささやくように相槌《あいづち》を打った。

ボ……オーン

柱時計が午後二時半を知らせる鐘を打った。

「そういえば、今日じゃなかったっけ？　一度戻ってくるんでしょ、玲司くん」

オーディションの合格通知をもらった玲司は、翌日には芸能事務所との契約と家探しのために上京している。その行動に一切の迷いはなかった。そして、玲司の目には叶《かな》いかけた夢以外なにも映っていなかった。

「はい」

「彼は知ってるの？　菜々子ちゃんのこと……」

「おそらくは、知らないと思います」

実は、玲司が東京へ発《た》った直後、数たちは菜々子が数年前から後天性再生不良性貧血という病気だったことを知らされた。偶然、このタイミングでドナーが見つかり、急遽《きゅうきょ》、渡米することになったのだ。

「だよね」

沙紀は、幸が置き忘れていった『一〇〇の質問』を手にとって、あるページを開いた。


もし、明日、世界が終わるとしたら？　一〇〇の質問。

第八十七問。

あなたには、今、十歳になったばかりの子供がいます。

もし、明日世界が終わるとしたら、あなたはどちらの行動をとりますか？
①本当のことを言ってもわからないと思うので黙っておく
②本当のことを黙っておくと後ろめたい気持ちになるので正直に話す

これは、以前、菜々子が答えていた質問である。

菜々子は、自分の子供を無駄に怖がらせたくないという理由で「①」を選んだ。

しかし、

「じゃ、もし、菜々子ちゃんが十歳だったら？　知りたい？　それとも、知りたくない？」

という沙紀の質問には「知りたい」と答えた。

明らかに矛盾していると突っ込んだが、その理由は沙紀にも納得のいくものだった。

「自分が悲しむのはいいけど、自分の子供が悲しむのは見たくない」

からである。

沙紀はそのページを見つめながら、

（人を思いやる、菜々子ちゃんらしい意見だった）

と、振り返る。

だが、一方で、精神科医という立場から、

（相手の気持ちを考えすぎて、自分の気持ちを抑え込んでしまうタイプ）

という見方もしていた。

「菜々子ちゃんの立場から言えば、夢を追ってる玲司くんの邪魔をしたくなかったってのはわかるけど、玲司くんからしてみれば、それで納得できるかどうか……」

そう言いながら、沙紀は納得できるわけがないと考えている。

なぜなら、二人が両思いであることを、沙紀は、そしておそらくは数も見抜いている。本人同士だけが、お互いの気持ちに気づいていないのだ、と。

「病気のことは私たちの口から説明できるからいいけど……」

沙紀は、そうつぶやいて本を閉じた。

「そうですね」

数は窓の外をじっと見つめながら答える。

窓の外の「風花」は、ゆっくりと、ゆっくりと舞っていた。


その日の夜……。

「え？」

喫茶店の入口付近でお土産の入った紙袋を持ったまま、玲司がかすかに声を漏らした。

閉店後の店内で流、数、幸、そして沙紀が玲司の帰りを待っていた。

「後天性再生不良性貧血？」

沙紀から聞かされた病名を、玲司が反復《はんぷく》する。

「ずっと探していたドナーが見つかったんだって……」

「ドナー？」

聞き慣れない病名と「ドナー」という単語が玲司を困惑させる。頭の中が真っ白になった。

（……ずっと？　あいつ、いつからそんな病気に？　っていうか、なぜ、そんな大事なこと黙ってたんだよ）

説明された内容に頭が追いつかない。

沙紀は落ち着きのある声で、ていねいにその病気について説明を続けた。

「後天性再生不良性貧血っていうのは、造血幹細胞レベルで起こる血液を作る機能の低下と、それによる汎《はん》血球の減少が見られる病気なの。つまり、新しい血液が作られなくなって生活に支障が出るのね。菜々子ちゃんの場合は軽度だったから、傍目《はため》にはわからなかったのよ。重度になると貧血で倒れたり、疲労感、倦怠《けんたい》感に襲われ、放っておくと合併症などで死に至ることも……」

「その病気って治るんですか？」

「私は専門外だから、なんとも言えないけど、移植を受けても、完全に治る可能性は五分五分ってところかしら」

専門外だとは言ったが、沙紀は沙紀なりに、この病気についてかなりくわしく調べたに違いない。

「五分五分……」

「そうね。手術が成功しても、やっぱり他人の組織を自分の体に取り込むんだから、術後に合併症が起きたり、拒絶反応が起きたりする可能性は否定できないわね。日本には症例も少ないから、移植については海外の方がより確実だと思う」

「それで、アメリカに？」

「そういうこと」

菜々子の両親は、菜々子と一緒に渡米しているという。渡米後、沙紀や数たちとも連絡がつかなくなっていた。それどころではないのかもしれない。ゆえに、現在、菜々子がどのような状態であるのかはまったくわからなかった。


「知らせてくれても良かったのに……」

「心配かけたくなかったんでしょ？」

「でも……」

「邪魔したくないっていう気持ちもあったんじゃない？　オーディション受かって、これからだって時だったし……」

沙紀にそう言われて、玲司には、

（確かに浮かれていたかもしれない）

という自覚があった。

自分の記憶を探ってみても、合格通知を見て以降、菜々子と何を話したのかすら覚えていない。メールで「東京に部屋探しに行ってくる」と送ってはあったが、それだって一方的な報告にすぎない。自分のことばかりが大事で、「がんばって」と返ってきたメールの陰で、菜々子がどんな思いでいたかなんて想像すらしなかった。

菜々子の性格を考えれば、間違いなく自分のことは後回しにする……。

玲司は言葉を失い、下唇をぎゅっと噛《か》んだ。

脳裏には、なぜか、菜々子が新しい口紅をしてきたあの日のことが浮かび上がる。

雨の中をわざわざ迎えに来てくれた菜々子。

その菜々子と一緒に喫茶店に向かって歩いた。思えば、二人きりであることを意識したのは、あれが初めてだったのかもしれない。街の灯《あか》りと燃え立つ紅葉の中に菜々子の新作の口紅が映えていたのをはっきり覚えている。

その時の胸のざわめきも……。

思わず携帯を取り出して画面を見るも、菜々子からの連絡の通知はない。だんまりを決め込む画面にいらだちさえ覚えた。

気づくと、数が側《そば》に立っていた。

「菜々子さんから預かったものです」

そう言って、数は一通の手紙を玲司に差し出した。

玲司は紙袋を近くのテーブルの上に置き、手紙を受け取った。便箋に使われている紙は桜の花びらがちりばめられた和紙で、見覚えのある柔らかい菜々子の文字が、まるで詩のように綴《つづ》られていた。

玲司へ
オーディション、合格おめでとう
ちゃんと言えてなかったから
突然でびっくりしたと思うけど
私は三年前に再生不良性貧血という病気になりました
簡単にいうと、血液がうまく作れなくなって
色々と生活に支障が出ちゃうみたい
放っておくとね、他の病気にかかっても
がんばれなくなっちゃうんだって

でもね、アメリカでドナーが見つかったから
ちょっと手術に行ってきます
幼馴染《おさななじみ》だから、玲司にもちゃんと話しておこうと思ったんだけど
玲司、オーディション受かって
大事な時だから、邪魔したくなくて言い出せなかった
私は世津子《せつこ》さんにはなれそうにないから……
ごめんね
ま、謝ることでもないか（笑）

手術は怖いけど、がんばる
だから、心配はしないでください
ネタはちっともおもしろくないのに玲司がオーディションに受かったのは
神様が気まぐれでくれたチャンスだから
このチャンスをしっかり摑《つか》んでね

いつまでも応援してるよ　菜々子

玲司の手にしている菜々子の手紙がかすかに揺れている。

読み終えて、

「私は世津子さんにはなれそうにないから……」

その一文だけを玲司は小さな声でつぶやいた。

（そんなの当たり前だろ……）

玲司は、菜々子がその一文を残した理由を考えながら唇を嚙《か》みしめた。

吉岡《よしおか》世津子は、芸人グランプリで優勝を果たしたお笑いコンビ、ポロンドロンの轟木《とどろき》の幼馴染であり、妻だった女性である。世津子がどんな女性で、どのように轟木を支えてきたかについては、相方である林田《はやしだ》の口から菜々子も一緒に聞いていた。

確かに、轟木と玲司は境遇が似ている。函館出身で、芸人を目指して上京しようとしている。この喫茶店や、店主の時田《ときた》ユカリにも縁《えん》があり、轟木が世津子と幼馴染であるように、玲司も菜々子とは幼馴染である。

では、なぜ、菜々子は「世津子にはなれない」などという言葉を残したのだろうか？

世津子は轟木の芸人としての才能を愛し、信じ、そして、どこまでも献身的に支えつづけた。

東京へ出る際も一緒について行くほど行動力のある女性だった。彼女の生き方に迷いはなく、自信に満ちている。その生き方は、同性である菜々子の目から見ても格好よく、憧れに値した。

比べて、菜々子は玲司の才能には無頓着である。がんばる姿を見守ってきただけで、ただ幼馴染として応援しているに過ぎない。玲司のためにできることもなく、まして、東京に一緒について行くなど考えたこともなかった。

しかし、根本的に世津子とは性格が違うのだから、比べられるものではない。まして、お互いの気持ちをわかり合った相思相愛の轟木と世津子と違い、玲司と菜々子はお互いをただの幼馴染だと思っている。

だからこそ「世津子にはなれない」と言った菜々子の身の引き方に迫るものがある。

菜々子は世津子になりたかったのだ。

もし世津子の話を聞いていなければ、病気のことも、アメリカに渡ることも、今まで通り素直に話せていたかもしれない。

だが、知ってしまった。

憧れてしまった。

愛する男性に人生をかけて寄り添う世津子の生き方を、自分の生き方と比べてしまったのだ。

比べて初めて玲司への想《おも》いに気づいたのだ。

それが、あの日、口紅を変えた理由であった。

菜々子が二人の関係に一歩踏み出そうと思った日である。

なのに……。

人生には「間の悪さ」に影響される時がある。

この時がまさにそれだった。

菜々子が自分の気持ちを確かめようと勇気を出して一歩踏み出そうとしたその矢先、玲司の携帯電話が鳴った。

オーディションの合格通知である。もし、このメールがあと一時間、いや、数分ズレていれば、二人の関係はどうなっていたかわからない。その日、玲司の心の中でざわついていたものも、合格通知がかき消してしまった。

間が悪かった、としか言いようがない。

二人はお互いの気持ちを確認することなく、一方は東京へ、もう一方はアメリカへと旅立ってしまった。離れた距離はあまりに遠い。

玲司は、読み終えた手紙を持ったまま、手をだらりと下げて、フラフラとよろけながら近くのテーブル席に腰を下ろした。

（連絡が取れるなら、今すぐにでも菜々子の声が聞きたい。飛んでいけるのであれば、飛んで行きたい、でも……）

湧《わ》き上がる衝動の正体すらわからず、玲司は一人で取り乱している自分にいらだっていた。

（行ったところで、俺に何ができる？　今はこんなことで立ち止まってる場合じゃないだろ？　何度も、何度もオーディションに落ちて、落ちるたびにくやしい思いをして、それでもあきらめきれず、やっと巡ってきたチャンスだろ？）

今は自分の夢を優先するべきだと自分に言い聞かせて、顔をあげるも、手に持っている手紙が視界に入ると心が揺れる。

（でも、もし、二度と会えないとしたら？）

（夢をつかむためには、何かを犠牲にしなきゃならない時だってあるだろ？）

（菜々子が死んだら、俺は、後悔しないのか？）

（でも、契約書にサインして、住む家だって決めてきた。今さら、後戻りできない）

（なんで悩んでる？）

（菜々子に会いたい）

（何を悩んでる？）

（菜々子と夢、どっちが大事なんだ？）

（わからない）

（どうしたらいいのか、わからない）

回る。頭の中がぐるぐると回っている。

玲司は両手で顔を覆い、深い、大きな深呼吸をした。

その時である。

「玲司お兄ちゃん」

目の前で、幸の声がした。

いつ、目の前に立ったのだろう。くりくりとした目で玲司の顔を覗き込んでいる。

幸はきっと、玲司の様子を見て心配で声をかけたのだろう。ただ、それだけだった。

だが、玲司は幸に、

（もし、明日、世界が終わるとしたら、どうするの？）

と、問われているような気持ちになった。

幸は何も言っていない。ただ、ここ数か月、幸が何度も何度も口にしていた本の文言である。

「明日、世界が終わるとしたら……？」

玲司がひとり言のようにそうつぶやいた時、不意に黒服の老紳士が席を立った。

「あ……」

何度か見たことのある光景だった。老紳士は立ち上がると、ほんの少し顎を引き、読んでいた本を胸辺りで抱え、木板の床を音も立てずにゆっくりとトイレに向かって歩いて行く。

玲司の鼓動が速くなる。

玲司は、ここで働きはじめたころのことを思い出していた……

それは、桜舞い散る春の出来事だった。

当時、玲司は高校三年生。その頃は土曜、日曜、祝日の忙しい時間帯だけの出勤だった。

ある日、初デートに失敗したから過去に戻ってやり直したいと言ってやって来た男性客が、ユカリにこの喫茶店のルールを説明されて、がっくりと肩を落として帰っていった。

「あの、本当に過去に戻ってどんな努力をしても現実は変わらないんですか？」

客が帰ったあと、そばでルールを聞いていた玲司がユカリに質問した。実は、この日まで、玲司はこの喫茶店のルールについてくわしく説明されていなかった。

「そうよ」

「現実が変わらないのなら、あの席に意味なんてないですよね？　なんであるんですか？」

玲司は率直な意見を述べた。現にその男性客は、このルールを聞いただけで過去に戻るのをあきらめて帰ってしまった。

「うーん、そうかもね」

ユカリは逆らわない。

「でも、現実は変わらなくても変わるものもあるのよ」

「変わらないのに、変わるもの？」

玲司は聞き返した。言葉だけ聞けば、明らかに矛盾している。

「どういうことですか？」

「例えば、君に好きな人ができたとする」

「はい」

「その子が美人で頭脳明晰《めいせき》、誰もが憧れる学園のマドンナだとする」

「は、はい」

「でも、君はそのマドンナと一度も話したことはない。さ、君は告白する？」

「え？」

「告白する？」

話が唐突すぎて、玲司にはユカリの意図するところがわからない。だが、玲司はこういった問答は嫌いではなかった。まずは、ユカリの言う状況を想像して答えることにした。

「しません」

「どうして?」

「そりゃ、一度も話したことないし、第一、そんなアイドルみたいな子が俺なんか相手にしませんよ?」

「それはそうね」

「え?」

やはり、意味がわからない。たとえ話であることはわかる。だが、突拍子もない。

ユカリは玲司の戸惑いなど気にせず続ける。

「ある時、彼女が君のことを好きかもしれないという噂《うわさ》を聞いたとする」

「え?」

「さ、君はどうする?」

ほんの少し、心がざわついたが、それで何が変わるわけではない。

「ど、どうもしませんよ、噂でしょ?」

「でも、君の気持ちに変化はない?」

「変化ですか?」

「さっきと何か違うでしょ？」

心のざわつきのことを言っているのだろうか？

「ま、少しは……」

玲司は曖昧に答えた。

「ゆれてる？」

そんな玲司の心を見透かしたように、ユカリは無邪気にほほえんだ。

「ええ、まぁ」

「もしかしたらつきあえるかもって思った？」

「思いませんよ」

「なるほど」

ユカリは満足そうにうなずく。

「じゃ、彼女が君のことを好きだと知人に話しているところを立ち聞きしてしまったら？」

「え？」

「どう？　それでも告白しない？」

心のざわつきがさっきよりも大きくなった。ユカリの思惑通りに話が進んでいる気がして、
正直、おもしろくはない。

「まぁ、告白しないにしても、さっきとは明らかに何かが違うよね？」

「ええ、まぁ……」

「君が彼女とつきあってないという現実は変わってないわよ？」

理屈である。しかし、ユカリが言う「現実」が二人の関係を意味しているのであれば、その通りだ。

「ですね」

「何が変わったの？」

「……気持ち、ですか？」

心がざわついたことは事実である。

「そーね」

「いや、でも」

変わらないのが二人の関係で、変わるのが気持ちだというのは理解できる。しかし、何か引っかかる。

（それでも過去に戻る意味はあるのか？）

玲司は、

（ない）

と、思う。

玲司は口を尖《とが》らせて、うーんと唸《うな》った。

「言いたいことはわかる。だって、実際にそんなことを理解して過去に戻る人なんていないもの」

つまり、気持ちを変えるために過去に戻る者はいない、と、ユカリは言っている。

「大切なのはここからよ」

ユカリの話は続く。

「彼女が君のことを本当に好きだとわかっても、このままじゃ何も変わらないわよね？」

「はい」

「君と彼女が一度も話したことがないという現実も、二人の距離も、二人の関係も何も変わらない」

「ですね」

「彼女がもし、君と同じように、君と話したこともないし、私なんか気にもされてないんだろうなって思ってたら、二人がつきあう可能性は？」

「ありませんね」

玲司はきっぱりと答えた。

「両思いなのに残念ね。じゃ、君と彼女がつきあうためには何をすればいい？」

「……告白、ですか？」

「そうね、それはつまり？」

「……行動！」

「その通り」

玲司は無邪気にガッツポーズを決める。ユカリも満足そうにほほえんでいる。

「漫画家になりたいと思っているだけで漫画家になれる人はいないでしょ？」

確かに。

「過去に戻るだけなら、誰でも戻れるわ。でも、この喫茶店は人を選ぶ。ルールで。ルールを聞いて過去に戻ることをあきらめる人もいる。でも、それでも過去に戻りたい人には、戻るための理由がある。その理由はなんでもいい。現実は変わらなくても、会わなきゃいけない人がいるなら、会うべき人がいるならそれでいい」

「現実は変わらなくても、会わなきゃいけない人？」

と、言われても高校三年生の玲司に思い当たる相手はいない。

「ピンと来てないようね？」

「そ、そうですね」

「ま、このルールを知った上で、君がどうしても過去に戻らなきゃいけなくなった時にわかるかもね?」

「そんなことありますかね?」

「さぁ、それは私にはわからないわ」


何ごとにも原因と結果がある。


音もなくトイレの扉が勝手に開き、黒服の老紳士が吸い込まれるように姿を消した。

「あいつが……」

玲司は、老紳士がいなくなった席を見つめたまま言った。

「あいつが最後にこの喫茶店に来たのはいつですか?」

(会ってどうする?)

玲司の心には、まだそんな迷いがある。しかし、そんな感情とは裏腹に、玲司の足は例の席に向かっていた。

「たしか……」

流がそう言って、数に目配せした。

「一週間前の十一月六日、午後六時十一分……」

数はまるで玲司が過去に戻ることを前もってわかっていたかのように、細かい時間を指定した。

「幸と一緒にいるはずよ」

「わかりました」

玲司は、ゆっくりと例の席に腰を下ろした。

（会ってどうする？）

でも、菜々子の手紙を読んでから心をざわつかせている衝動がある。

（確かめたい）

目を閉じて、深呼吸をする。

「さっちゃん」

玲司は、数のそばに控える幸に声をかけた。

「コーヒー、淹れてくれるかな？」

幸はくりくりした目で、数を見上げて指示を待った。相手が玲司だからか、幸の目には「行かせてあげたい」という色もうかがえる。

だから、数に、

「準備してきなさい」

そう言われて、にっこりうなずくと、厨房にパタパタ走って消えた。その後を流が追う。いつものように準備を手伝うためである。


玲司は、まさか、こんな日が来るとは思っていなかった。

亡くなった両親に文句を言うために過去に戻った女の時や、ポロンドロンの轟木が過去に戻った時も、その場に居合わせていながら、どこかで冷静に事の成り行きを見守っている自分がいた。厳密に言うと、何が起きても他人事《ひとごと》だった。テレビの中の事故や事件のニュースを見ている感覚に近い。

だが、今は違う。自分がそのテレビの中にいる。過去に戻る椅子に座っているのは自分で、湯気になって消えるのも自分である。今にも心臓が爆発しそうだった。この席に座ってみて、轟木がどんな気持ちで亡くなった奥さんに会いに行ったのかを考えると、胸が締め付けられるように苦しくなった。

なぜなら、どんな努力をしても、奥さんが亡くなったという現実を変えることはできないからだ。

自分を支えつづけてくれた奥さんとの死別。轟木は、どれほどの喪失感と戦いながら芸人グランプリ優勝を勝ち取ったのか……。

玲司の心の中に、再び迷いが生まれる。

(会ってどうする?)

気持ちが、重く沈んでいくのがわかる。

玲司が下唇を噛んでうつむいていると、準備を終えた幸が厨房からカップとケトルをトレイに載せて戻ってきた。

玲司は幸が真横に立っても、ピクリとも動かない。

(会ってどうする?)

(やめるなら今しかない)

何度も同じ迷いをくりかえして、自問自答する。

(どうせ、何をやっても現実が変わることはないのに……)

ここにきて、後ろ向きな感情が重たい空気となって玲司のまわりにまとわりついた。

その時だった。

「あ、忘れてた!」

突然、幸がカップの載ったトレイを数に預け、小走りで階下に降りていってしまった。

（さっちゃん？）

その場にいた全員が呆然《ぼうぜん》と待っていると、すぐに幸は戻ってきた。ただ、その手には例の『一〇〇の質問』が握られている。

「これ」

幸が玲司に本を差し出した。

「菜々子お姉ちゃんが、玲司お兄ちゃんに返しておいてって」

「……あ」

玲司は本を手にとってみて、思い出した。確かに、この本はもともと玲司の本で、それを菜々子に貸して、ずっと幸が使っていたのだ。玲司自身はそんなこと忘れていたが、菜々子は借りたものをちゃんと返したかったのだろう。まじめな菜々子らしいと言えば、それだけだが、玲司は違うことを考えていた。

借りたものを返すというなんでもない行為ではあるが、そんな行為の中に、

（二度と会えないかもしれない）

という気持ちが菜々子にはあったんじゃないか、と……。

「全部やったの？」

玲司はその本を見つめながら、幸にたずねた。

「うん。菜々子お姉ちゃんが、しばらく会えなくなるかもしれないから最後までやろうって」

（やはり）

「ここに来た日に？」

これから玲司が戻ろうとしている日のことである。

「うん」

「そっか」

玲司は本のページをペラペラとめくってみた。ふと、最後の質問のページで手が止まる。

「さっちゃん」

「なに？」

「あいつは、菜々子は、最後の質問どっちを選んだか覚えてる？」

「最後の質問？」

「そ、最後の質問」

（確かめたい。菜々子がどんな気持ちでいたのか？）

「うん。覚えてるよ」

「どっち？」

「えっとね、確か、②」

「②?」

「うん」

「そっか」

(やっぱりな)

「なんで?　って聞いたら、やっぱり死ぬのは怖いからだって」

菜々子の残した言葉を聞いて玲司の表情が変わった。

(菜々子は世津子さんにはなれそうにないと言った。確かになれないかもしれない。いや、なる必要なんてない。俺が会いたいのは世津子さんじゃない、菜々子だ。それに、世津子さんは死んじゃったけど、菜々子は生きている)

玲司が顔をあげる。

(俺たちの未来は、まだ、どうなるかなんてわからない。俺は、今すぐにでも菜々子の顔が見たい!　それのどこが悪い!　あいつが不安な気持ちでいるなら、何か声をかけてやりたいって思って何が悪い!　大丈夫だって言ってやりたい。お前は世津子さんになる必要なんてないって言ってやりたい。それに意味があるかどうかなんてわからないけど、どうせ菜々子がアメリカに行ってしまうなら、行く前にそう言ってやって何が悪い!　誰が困る?　誰も困らないさ！）

玲司は、自分の心の中で完全に開き直って、思いっきり自分の顔を大きな音を立てて、パンパンと二回叩《たた》いた。

「？・？」

幸は、玲司の突然の行動にびっくりして、目をくりくりさせている。

「さっちゃん、教えてくれてありがとね。勇気出たわ」

いつもの玲司が戻ってきた。

幸も、びっくりはしたが、玲司の表情がさっきと比べて極端に清々《すがすが》しくなったのを感じ取って、

「うん」

と、声を弾ませた。

「じゃ、コーヒーよろしく」

「うん」

幸は銀のケトルを持ち上げると、

「コーヒーが冷めないうちに」

と、ささやいた。

カップに注がれたコーヒーから一筋の湯気が立ち昇る。同時に、玲司の体も真っ白な湯気となって天井へと吸い込まれるように消えた。

あっという間の出来事である。

そんな様子を黙って見守っていた沙紀が、

「ちゃんと告白して戻って来ると思う？」

と、数に向かって問いかけた。

「え？　こ、告白？」

頓狂《とんきょう》な声をあげたのは流である。

「なにそれ？」

「え？　流さん、気づいてなかったの？」

「どういうことですか？」

「どういうことって、告白って言ったら、そういうことでしょ？」

二人はお互いに好きあっている。

「えー、マジで？」

「でなきゃ、ほかに玲司くんが過去に戻る理由ある？」

「全然気づきませんでした」

「流さん、どんだけにぶいのよ？」

沙紀はあきれ顔で言った。

「す、すみません」

流は悪くもないのに、申し訳なさそうに頭をかいた。

とはいえ、手術を前に菜々子本人が不安であることは嘘《うそ》ではないし、もしものことを玲司が考えてしまうのも無理はない。恋ゆえに、二人の不安は五割増しといったところだろうか？

「なんとなく、玲司くんが行くのを見送っちゃったけど、なにしに行くんだろうとは思ってたんですよ」

と、流は首をかしげた。

「みんなわかってたわよ？」

「え？　本当に？」

「ねぇ？」

沙紀が声をかけると、

「うん」

と、幸は元気に返し、数はニッコリほほえんでみせた。

「そうか、そうだったのか」

流は細い目をさらに細くして、改めて玲司が旅立った例の席をまじまじと眺めた。

「ところで……」

沙紀がひらりと話の矛先を転じた。

「最後の質問てどんな内容だったの？　あれ聞いたあと、玲司くんの表情が明らかに変わったように見えたけど？」

その沙紀の質問には、数が答えた。


あなたは今、陣痛の始まったお母さんのお腹《なか》の中にいます。

もし、明日世界が終わるとしたら、あなたはどちらの行動をとりますか？

幸が、

「先生とは、まだ、やってなかったもんね？」

と、沙紀の顔を覗き込んだ。

「そうね」

沙紀は答えて、

「なるほど。これまたしょっぱい質問ね。で、①は?」

と、続ける。

「とりあえず生まれる」

答えたのは幸である。

「じゃ、菜々子ちゃんが選んだ②ってのは?」

「意味がないので生まれない」

これは数が答えた。

「なるほど」

(死ぬのが怖いなんて聞かされちゃーね)

「さて、どうする? 玲司くん」

誰もいなくなった例の席を見ながら沙紀がつぶやいた。

時間を遡りながら、玲司はずっと『一〇〇の質問』のことを考えていた。

その質問は多岐にわたる。

借りていたものを返すか、返さないか……

一千万円の当たりくじを換金するか、しないか……

結婚式をあげるか、あげないか……

よくよく思い出してみると、これらの内容は生きていれば誰にでも起こりうる出来事である。

ただ、これらの内容に危機感を覚えるのは、「もし、明日、世界が終わるとしたら?」という非現実的な条件が付くからである。

だが、玲司は思った。

人なんて、いつ死ぬかなんてわからない。現に、瀬戸弥生《せとやよい》の両親は交通事故、世津子は病気で亡くなっている。一緒に働いていた雪華だって、入院後一か月で逝ってしまった。

明日が来るかどうかなんて、本当は誰にもわからない。

当たり前の日常が、いかに大切で、大事な人がそばにいることがどれだけ幸せなことなのかということを、玲司は今回のことで思い知った。

明日、伝えようとして伝えられないこともある。

東京から戻ってきて、当たり前だった菜々子の存在が自分にとってどれだけ大切だったかに気づかされた。

玲司の明日はまだ終わっていない。

菜々子はまだ生きている。

明日、世界が終わってしまってからでは遅いのだ。

終わらない世界で、今、この瞬間に自分がやらなければならないことは、自分の気持ちに正直になることなのかもしれない。他人は関係ない。伝えるべき大切な人がいるのであれば、それは伝えなければならないのだ。

この本は、そんな当たり前のことを気づかせるためにあるのではないだろうか？

菜々子はまだ生きている。自分は幸いこの喫茶店に出会うことができた。現実は変えられないとしても、今、できることはある。

未来はわからなくとも、伝えるべき想いがある。

だから、玲司は思った。

もし、明日世界が終わるとしても、俺はきっと過去に戻って菜々子に会いに行くだろう、と。

手足の感覚が戻り、上から下へと流れていたまわりの風景もゆっくりと止まりはじめた。

玲司は、元に戻った体を触って、そこに本当に自分の体があるかどうかを確かめた。未だに直前までのフワフワした感覚が残っていたからである。

見ると、カウンターの中に数、向かいで本を読む幸と、厨房には流がいるようだ。

柱時計の時間は午後六時を少し回っていた。

十一月初め、この時期は外が暗くなるのも早く、客がいなくなれば閉店となる。窓際の席にひと組の老夫婦が残っていて、これが最後の客なのだろう。

店内を見回しても菜々子の姿はなかった。数が教えてくれた六時十一分にはまだ間がある。その時間になれば菜々子が現れるはず。数が言うのだから間違いはない。

数は、玲司が現れたことに気づいても、ニコリとほほえむだけで話しかけてくる様子はない。それは、この席に現れた人物に対する数の配慮であることを玲司も心得ている。それに、おそらくはこの席に玲司が現れた瞬間から、数は玲司が誰に会いに来たのかをちゃんと理解しているに違いない。

玲司は、目配せの後、ぺこりと頭を下げて菜々子が来るのを待つことにした。

六時八分。まだ間がある。

念のためにカップに手を当ててみる。大丈夫。熱くてさわれないほどではないが、冷めきるまでにはまだまだ時間がかかりそうだ。

数は、窓際に座する七十歳前後に見える老夫婦となにやら談笑している。雑談なのだろうが、数が客と楽しそうに話しているのを見るのは初めてだった。聞き耳を立てていると、数は老夫婦のことを「フサギさん」と呼んでいるのがわかった。旅行好きの旦那さんにくっついて数達のいる函館までやってきた、そんな話をしている。どうやら、東京の喫茶店で働いていた時の常連客のようである。愛想の良い奥さんに対して、旦那さんの方は終始黙り込んでいる。後ろ姿だけでその表情は確認できないが、無骨な印象を受ける。だが、そんな旦那さんを愛《いと》おしげに見る奥さんの幸せそうな表情が印象的だった。

（さっちゃんは、また、難しい本でも読んでるのかな？）

カウンターに座る幸はピクリとも動かない。本を読みはじめるとこうなることは玲司もよく知っていた。だから、玲司が現れたことにも気づいていないだろう。

六時十分、三十秒。

玲司は、店の入口を見た。まもなく菜々子が現れる。

（あいつはここに座っている俺を見てどんな顔をするだろう？）

驚いて頓狂《とんきよう》な声をあげるか、言葉を失うか、それとも……。

（まさか、泣いたりしないよな？）

それは非常に気まずい。よくよく考えてみれば、渡米前の挨拶に来るのだから、菜々子が不安な気持ちを抱えている可能性だってある。自惚《うぬぼ》れかもしれないが、あんな手紙を残すくらいなのだから無いとは言えない。考えてみれば、菜々子が泣く姿なんて、幼稚園以来見た記憶がなかった。笑われたり、呆《あき》れられたりするのには慣れている。ネタ見せで、失笑された時もあったが、変に気をつかって褒められるよりよっぽどいい。だが、泣かれるのは困る。どんな態度をとればいいのかわからなくなるからだ。

カランコロロン

そんなことを考えていると、突然カウベルが鳴った。

時間はちょうど六時十一分。ピッタリである。

（来た）

入って来た菜々子に、数が、

「いらっしゃい」

と、声をかけ、そのまま視線を例の席に座る玲司へと向けた。やはり、玲司が菜々子に会いに来ていることはお見通しだったのだろう、その視線は菜々子に玲司の存在を知らせるための合図となった。

「え?」

菜々子の視線は、数の視線の先を追った。

菜々子が玲司に気づく。

(ドキドキ)

「よ、よう」

小手をかざしてぎこちない挨拶をする玲司。

「あれ? 玲司? え? もう戻って来たの?」

(おーい)

思わず心で突っ込む玲司。あまりにも普通の反応に戸惑いが隠せない。

「いや、俺はまだ東京だけど」

おかげで支離滅裂なことを口走っている。

「え? 何言ってんの?」

怪訝《けげん》そうに眉をひそめる菜々子。

「会いに来たんだよ」

「誰に？」

「お前に決まってんだろ」

「私に？」

「そうだよ」

「なんで？」

（ボケる天才かよ）

「なんでって……」

（泣くかもしれないと思っていた自分が恥ずかしいわ）

玲司は思わず頭を抱えこんで大きなため息をついた。普段であれば、なんの問題もない普通の会話である。玲司が東京に行っていなければ、菜々子が病気治療で渡米していなければ、である。

「お前さ」

「なに？」

「なに、俺が東京に行ってる間に勝手にアメリカとか行っちゃってるわけ？」

ここで初めて菜々子は今の状況に気づいたらしく、

「え？　あ！　その席！　え？　え？　もしかして未来から来たの？」

と、あわただしくぴょんぴょんと飛び跳ねた。

あまりにいつもの菜々子すぎて、正直拍子抜けではあったが、内心、玲司はホッとしていた。

（不安な顔や、泣き顔を見るよりいい）

「あ、そっか、未来からってことは手紙読んだんだ？」

一つずつ、菜々子の中で話が噛み合っていくのだろう、合点がいくたびに目の前でパンパンと手を打った。

「なんで黙って行くかな？」

それを責めるために来たわけではなかったが、菜々子の呑気《のんき》な態度についつい言葉に棘《とげ》が生える。

「あ、そっか……。ごめん」

菜々子は、しょんぼりうなだれてボソッとつぶやいた。

「いや、別に、いいんだけど」

菜々子に謝らせてしまって、なんだか申し訳ない気持ちになる。

そんな二人の微妙な空気に気づいたわけではないと思うが、数と談笑していた老夫婦が席を立った。数が幸を連れてレジに進み、会計をすませていると厨房から流も見送りに出てきた。

その時、流は玲司が例の席に座っているのに気づいて、小さく「お？」と声を漏らした。だが、それだけである。玲司の目の前には菜々子がいる。さすがの流も空気を読んだ。

老夫婦を見送ったあと、幸が玲司に手を振っただけで、店内は静かになった。

立ったままの菜々子を見かねて、数がクリームソーダを持ってやって来た。

「ゆっくりできないと思うけど、せっかくだから」

そう言って、玲司の向かいに座るように菜々子を促した。それはそのまま、玲司に向けた、

（伝えなきゃいけないことがあるなら、早めにね）

という、メッセージでもある。

菜々子が、申し訳なさそうに玲司の向かいに腰を下ろした。黙ってアメリカに行ったことを
（正確には行こうとしていることを）指摘され、気にしているのだ。

「言ってくれれば良かったのに」

もっと優しい言葉をかけるつもりだったのに、気恥ずかしくて文句を言っているような口調になった。

「ごめんなさい」

「だから」

（責めてるわけじゃないんだよ）

「言い訳になっちゃうけど、ずっとね、自覚症状とか無かったから……」

菜々子はうつむいたまま、ポツリポツリと話しはじめた。

「いつか、そのうち治っちゃうんじゃないかなぁって、治ればいいなぁって思ってたんだけど、突然、ユカリさんからドナーを見つけたよって連絡があって……」

「え？　ユカリさんて、人探ししてたんじゃなかったか？」

「うん。そうなんだけど、私のドナーもついでに探してくれてたみたいなの」

「そっか……」

つまり、ユカリはずっと前から菜々子の病気のことは知っていたことになる。玲司は、自分だけ知らされていなかったことが少しだけおもしろくなかった。

そんな空気はすぐに菜々子にも伝わる。菜々子はあわてて、

「この前、言うつもりだったんだけど」

その日が、菜々子が口紅を変えた日だということは玲司にもすぐわかった。

「玲司、オーディション受かってそれどころじゃなさそうだったから……」

「ま、確かに」

（それを言われるとつらい）

「悪かったよ」

「あ、いいのよ、いいのよ、それは、ほら、玲司の一番大事な夢なんだし？　私のことは私の問題だから、邪魔はしたくなかったし」

菜々子の言葉は手紙の内容そのままだった。

（このままじゃ、何のために会いに来たのかわからない）

玲司は、素直になれない自分にいらだちながらカップに手を伸ばした。さっきに比べると少しぬるくなったような気がする。

「東京はどう？」

「ん？」

「一人暮らし初めてだもんね？」

「ああ」

「なんにもしてあげられないけど、応援はしてるから」

（いつもと変わらない、いつもの菜々子）

「がんばってね」

菜々子はそう言ってクリームソーダに手を伸ばした。

玲司は、少し寂しそうに、

「ああ」

と、答えた。

(俺一人が浮き足立って、心配しすぎただけなのかもしれない)

コーヒーが冷めきるまでにはまだ間がありそうだったが、菜々子の様子を見ていると何をしに来たのかわからなくなってしまった。

菜々子が不安そうにしていれば、優しい言葉をかけることもできただろう。しかし、先にがんばれと言われてしまった。いつもなら「お前もな」と気軽に返すこともできたかもしれないが、それができない。

(喜ばしいことじゃないか?)

菜々子が想像と違って、いつも通りであることは悪いことじゃない。なのに素直に喜べない自分がいる。心配して過去にまでやって来た自分が馬鹿みたいに思えた。そして、そんなことを思っている自分が嫌だった。

(この変な気持ちを菜々子に気づかれる前に帰ろう)

「じゃ、俺……」

玲司がそう言ってカップを持ち上げた、その時……

「最後の質問です」

という幸の声が聞こえて来た。

だが、その声は玲司たちに向けられたものではない。対象はカウンターの中の数であり、厨房で閉店作業を進める流だと思われた。

ついさっき、老夫婦が帰ってしまったので、幸の声は聞こうとしなくても二人の耳にはっきりと届いた。

そんな状況に関係なく、幸は続ける。

「あなたは今、陣痛の始まったお母さんのお腹の中にいます」

「はい」

返事をしているのは数である。

もし、明日世界が終わるとしたら、あなたはどちらの行動をとりますか？
①とりあえず生まれる
②意味がないので生まれない
「お母さんなら、どっち？」

幸はいつものように無邪気に質問を投げかけ、カウンター越しに数の顔を覗き込んだ。

「そーね」

数は考え込むように首をかしげながら、カウンターの中の片付けを進めている。

そんな幸たちのやりとりに玲司が気を取られていると、同じくカウンターでのやりとりを見つめたままの菜々子の口から、

「ねぇ」

という声がもれた。

その声は菜々子のものに違いなかったが、さっきまでのものとは違い、か細く、今にも消え入りそうに弱々しい。

玲司は菜々子に視線を戻したが、菜々子は向こうをむいたまま、

「私、どうなった？」

と、つぶやいた。

（……え？）

玲司は、菜々子の言った言葉の意味をすぐに理解できなかった。玲司は不思議そうな表情で、うつむく菜々子の顔を見つめつづけた。

そんな空気に耐えきれなかったのだろう、しばらくして、菜々子は、

「あは」

と、おどけるようにして笑ってみせた。

「うそ、今の忘れて！　聞かなかったことにして、ね？」

菜々子はあわてて席を立ち、玲司から距離をとった。

「コーヒー、冷めちゃうよ？　早く飲んだら？」

背を向けたまま、そうつぶやく菜々子の声はかすかに震えている。

「菜々子……」

その瞬間、玲司はすべてを理解した。

（菜々子は手術の結果を気にしている）

そして、自分の浅はかさを呪った。

（能天気だったのは菜々子ではなく、俺の方だった……）

菜々子は、玲司が現れた時から自分の手術の結果を気にしていたに違いない。

両親に文句を言いに行った弥生のことや、妻に会いに行った轟木のことと自分を重ね合わせて、玲司を見た瞬間、最悪の結果を想像していたのだ。

最悪の結果とは、手術の失敗……

すなわち、
死……

である。

菜々子は、

自分が死んだから玲司が会いにきた

と、考えたに違いない。

だから、その未来を聞かないために、聞かないようにするために、あえて明るく、玲司がイラつくほど呑気にふるまっていたのだ。菜々子は玲司がコーヒーを飲むまで、飲んで未来に帰るまで本心を隠し通すつもりだったのだろう。

だが、つい、もれてしまった。

隠し通せなかった。

玲司は、そんな菜々子の嘘を見抜けなかった。

「……ごめん」

玲司は、そんな菜々子の気持ちを汲《く》んでやれなかったことを謝ったつもりだった。だが、菜々子は、玲司の「ごめん」を違う意味で受け取った。

「やだ、聞きたくない！」

「お前は……」

物心がついた時から一緒だった。

同じ保育園に通い、同じ幼稚園、小学校、中学校、高校、そして、大学。

一緒にいることが当たり前で、

一緒にいることに何の疑問も感じなくなっていた……

いつから、菜々子のことを好きになったのだろう?

いつから、菜々子は俺のことを好きだったのだろう?

そういえば、菜々子に彼氏ができたという話を聞いたことがない。

男友達が菜々子のことを「かわいい」と言っても、

自分が「かわいい」と思う女の子とは違う生き物のように感じていた。

お笑い芸人になることは、ずっとずっと夢だった。

東京に出ることだって、お笑い芸人になろうと思った中学生の時から決めている。

でも、あれ?

俺一人で東京に出るんだっけ?

菜々子と離れて暮らすんだっけ?
物心がついた時から一緒で……
同じ保育園に通い……
同じ幼稚園……
小学校……
中学校……
高校……
大学……
そして、東京……
一緒にいることが当たり前で、
一緒にいることに何の疑問も感じなくなっていたのに……
あれ?
たぶん、俺はずっと菜々子のことを好きだったのかもしれない。
それが当たり前で、
なんの疑問も感じなかった。
たぶん、俺の夢と菜々子は切り離せない。

それが当たり前で。

なんの疑問も感じない。

だから……


「お前は……」

「言わないで！」

「俺の嫁になった」

「やだ！」

耳を塞いで叫んだ菜々子の目が、まさに点になる。

「……え？」

「お前は、俺の、嫁になる」

玲司はわざと一言ずつ言葉を切って、押し付けるように繰り返した。

「嘘でしょ？」

「嘘なもんか」

（嘘だけどな）

「病気は？」

「病気？」

「私、ドナーが見つかって」

「アメリカ行って」

（未来のことは誰にもわからない）

「行って？」

「戻って来て、俺の嫁になった」

（だから）

「え？」

「めでたし、めでたし」

（言うだけは自由。俺の未来は、俺たちの未来はこれからだから）

「なんで？」

「なんでって、それは俺が聞きたいよ」

（それに）

「は？」

「お前がどうしても結婚してくれって言ったんだろ?」

(何言ったって現実は変わらないんだから)

「言ってない!」

「言うんだよ、これから!」

「そんなはずない!」

「言いました!」

「絶対、嘘!」

「嘘でこんな恥ずかしいこと言えるかよ!」

(嘘じゃなきゃこんな恥ずかしいこと言えるかよ!)

「笑えない」

「慣れてるよ」

「え?」

「それでも俺は自分の夢も捨てられない。捨てない。だから、俺は東京に出る。食えない生活がずっと続くかもしれないけど、残念ながら、お前は俺の嫁になる! なるって言ったら、なるの!」

玲司はここまで一気にまくし立てると、小さく息を吸って、

「だから」

と、仕切り直して、

「あきらめろ！」

（がんばるから、ずっとそばにいてほしい）

と、きっぱりと言い放った。

玲司の思わぬプロポーズは店内に響き渡り、いつのまにか幸や数、厨房から流まで顔を出して注目していた。

「プッ」

菜々子が思わず吹き出した。

「は？」

（こいつ、何、笑ってんの？）

「ウケる」

「これはネタじゃなくて」

「ウケるわ」

「……え？」

菜々子は笑いながらボロボロと涙を流した。その涙があまりに大粒だったので玲司は困惑の表情を見せた。

「お、おい」

菜々子は玲司をまっすぐ見て、

「ありがと」

とささやくと、大きくのびをした。そして、

「そっか、玲司の嫁かぁー！」

と、玲司も驚くほどの大きな声を出した。なにか、迷いとか不安とかがパッと消えたかのように清々しい声である。

菜々子が静かに振り返る。

「その未来はどんな努力をしても変えられないんだもんね？」

「ああ、そういうルールだからな」

「そっか」

「ああ」

「じゃ、仕方ないなー」

菜々子は弾むような満面の笑みを見せた。

「お母さんは①」

その時、数が幸の質問に答える声がした。玲司と菜々子のやり取りに注目していた幸も、数の突然の返答にキョトンとしている。

だが、それは数からのサインであった。

数の目は、

（そろそろ時間よ）

そう言っている。未来から来た玲司は、コーヒーが冷めきる前に飲みほさなければならない。

「あ、そっか」

それは菜々子もよく知るルールである。

「早く、飲んで、飲んで」

菜々子はあわてて玲司にコーヒーをすすめた。玲司も伝えるべき想いは伝え終えたので、思い残すことは何もない。

「やば、じゃ、じゃあな」

そう言って、一気にコーヒーを飲みほした。ゆらゆらと、目眩《めまい》のような感覚が玲司を包む。

「あ、そうだ、これの答えは？」

「え？」

菜々子は、幸から本を受け取って玲司にかざして見せた。

「最後の質問。玲司の答えは?」

　玲司は思い出した。菜々子が「やっぱり死ぬのは怖い」という理由で②と答えた質問である。

　玲司は、ぼんやり薄れていく意識の中で答えた。

「俺は①。とりあえず生まれる」

「①?　どうして?」

「たとえ一日でも、一日だけでも生まれてくれれば……」

　玲司の体が湯気に包まれる。

「生まれておけば、未来のことなんて誰にもわからないんだから、もしかしたら、もしかしたら世界は終わらないかもしれない。だから、俺は①」

「そっか」

「じゃ、私も①」

　菜々子がそう叫んだ瞬間、玲司の体を包んでいた湯気が、ボワッと上昇し、その下からは黒服の老紳士が現れた。

　最後の菜々子の声が玲司に届いたかどうかはわからない。

　菜々子は、しばらく玲司が湯気となって消えた天井を見つめていた。

「菜々子お姉ちゃん、玲司お兄ちゃんと結婚するの？」

幸が菜々子を見上げながら首をかしげた。

菜々子はほほえみながら、

「私が結婚してくれってお願いする羽目になっちゃったけどね……」

と、肩をすぼめた。


数日後、玲司の下《もと》に菜々子からの絵ハガキが届いた。

手術後、病室で撮ったのだろう。菜々子はとびっきりの笑顔をこちらに向けている。

（私は大丈夫）

まるで、そう言ってるかのように……。

その菜々子の隣には、これまたいい笑顔の時田ユカリが写っていた。

「こりゃ、まだ、当分帰ってこないわね？」

玲司が持ってきた絵ハガキを見ながら、沙紀がつぶやいた。まるで、人探しが本当かどうかも怪しい、という口ぶりだ。

「ですね」

流がため息をつきながら答える。流は流で、もう半分あきらめていた。それに、函館の街を気に入りはじめている自分もいる。今しばらくユカリが帰ってこなくても、それはそれでいいかもしれないと思いはじめていた。

「それにしても、ユカリさんて、本当にすごい人っすよね？」

沙紀から絵ハガキを受け取りながら、玲司が感嘆の声を漏らす。脇にはキャリーケースとリュックが置いてある。

今日は玲司が東京に旅立つ日だった。出発前、挨拶を兼ねてユカリが菜々子と一緒に写るハガキを見せるために立ち寄ったのだ。

「二十年前の写真に写ってたり、身を投げようとした女性を助けて未来に行かせたり、ポロンドロンの轟木さんや林田さんと知り合いだったり、雪華ちゃんが過去からやってくることを流さんに言い残してたり、おまけに、コレでしょ？」

アメリカで菜々子と一緒に写真におさまっている。

「轟木さんの件なんて、ユカリさんが芸人グランプリおめでとうのハガキ出してなかったら、どうなってたかわかりませんからね？」

それらすべてが神がかっていると玲司は言いたいのだろう。

しかし、流が冷静に、

「ただの偶然だろ？」

と、吐き捨てた。

「いや、それにコレだって……」

そう言って、玲司が『一〇〇の質問』を取り上げて何かを言おうとした時、階下からパタパタと大きな足音で駆け上がってくる気配がした。

幸である。

幸は、大きく息を弾ませながら、一冊の本を玲司に差し出した。

「これ、あげる」

「俺に？」

「うん」

それは小説だった。タイトルは、

『恋人』

と、書いてある。

「え？　それ、幸が一番大事にしてる本だろ？　いいのか？」

と、流。

「うん」

幸は、玲司の旅立ちの餞別《せんべつ》に自分が持っている本の中で一番好きな本を選んで持ってきた。

「いいの？」

「うん」

幸は笑顔で答えた。

玲司は、その本を数ページめくってみた。本好きの幸のことだから、大切にはしていたのだろうが、何十回と繰り返し読んだためにページの端々が少々汚れてはいる。きっと、本当に大好きで、大切なものであることがわかる。

「その本は、幸が本を好きになるキッカケになった本なのよね？」

口添えしたのは数だった。

「うん」

幸は嬉しそうにうなずいた。

「そんな大切な本を……？」

玲司がじっと幸を見つめる。

幸はそんな玲司の目をまっすぐに見返して、言う。

「夢に向かってがんばる人には、自分が一番大事にしているものを贈ってあげるといいんだって。夢に向かってがんばる人は、必ず、がんばれない時がくるから。つらくて、苦しくて、夢と現実を天秤《てんびん》にかけて、選択する時がくるから。その時にね、一番大事なものをもらった人は、もうすこしだけがんばれるんだって。結局、一人じゃないって気づくんだって。応援されてることに勇気をもらうんだって。だから、幸は、玲司お兄ちゃんにがんばってほしいから、この本をあげるの」

「さっちゃ〜ん」

「だって、玲司お兄ちゃんががんばらないと、菜々子お姉ちゃんが苦労するもんね？」

幸の一言に、どっと笑い声があがった。


そして、玲司は旅立った。


数か月後、菜々子の訃報《ふほう》が東京に戻った流たちのもとに届いた。

「風花」の雪のように、桜舞い散る春の日だった。

術後、菜々子の容体は順調に回復に向かっているように見えた。だが、やはり移植には様々なリスクが伴う。突如、移植した組織に対して菜々子の体が拒否反応を起こしたのである。手術が繰り返され、菜々子の体は日毎《ひごと》に衰弱した。発熱、嘔吐《おうと》、薬による副作用で常人なら耐えられないであろう治療にも菜々子は負けなかったという。

なにが菜々子をそこまで強く支えているのか、両親でさえ不思議に思ったが、それが玲司のあの日の一言であることは間違いない。

お前は俺の嫁になる。

数年後、玲司は五回目の挑戦で念願の芸人グランプリで優勝を勝ち取った。

菜々子の墓前に立つ玲司の手には、幸にもらった小説と、ボロボロになった『一〇〇の質問』があった。菜々子の墓は、函館山の外国人墓地に近い湾を見渡せる高台にある。

玲司が去った後には『一〇〇の質問』が残されていた。最後のページのあとがきのところだけ、何度も何度も繰り返し読んだのだろう、もうほとんど文字が見えなくなっている。

その最後のページに何か挟まっていた。

見ると、それは結婚指輪だった。

玲司がボロボロになるまで読み込んだ『もし、明日、世界が終わるとしたら？　一〇〇の質問』の最終ページのあとがきにはこう記されている。

「私は思う。人の死自体が、人の不幸の原因になってはいけない。なぜなら、死なない人はいないからだ。死が人の不幸の原因であるならば、人は皆不幸になるために生まれてきたことになる。そんなことは決してない。人は必ず幸せになるために生まれてきているのだから……」

著者　時田ユカリ

と。

「思い出が消えないうちに」　完

＊この物語はフィクションです。実在する人物、店、団体等とは一切関係ありません。

[プロフィール]
川口俊和（かわぐち・としかず）

大阪府茨木市出身。1971年生まれ。1110プロデュース脚本家兼演出家。代表作は「COUPLE」「夕焼けの唄」「family time」等。本作の元となった舞台、1110プロデュース公演「コーヒーが冷めないうちに」で、第10回杉並演劇祭大賞を受賞。小説デビュー作の『コーヒーが冷めないうちに』は、2017年本屋大賞にノミネートされた。

■1110プロデュース公式ホームページ
http://1110p.com/

思い出が消えないうちに

2018年 9 月15日　初版印刷
2018年 9 月25日　初版発行

著　　者　川口俊和
発 行 人　植木宣隆
発 行 所　株式会社サンマーク出版
〒169-0075
東京都新宿区高田馬場2-16-11
電話　03-5272-3166（代表）
印刷・製本　株式会社暁印刷

定価はカバー、帯に表示してあります。
落丁、乱丁本はお取り替えいたします。
ISBN978-4-7631-3720-3　C0093
ホームページ　http://www.sunmark.co.jp